马和明 著

独上西峰

马和明诗词文集

孤情以付
穿云射月
独上西峰

暨南大学出版社
JINAN UNIVERSITY PRESS

中国·广州

图书在版编目（CIP）数据

独上西峰：马和明诗词文集／马和明著．—广州：暨南大学出版社，2015.12

ISBN 978-7-5668-1684-9

Ⅰ.①独…　Ⅱ.①马…　Ⅲ.①诗词—作品集—中国—当代
Ⅳ.①I227

中国版本图书馆 CIP 数据核字（2015）第 287408 号

出版发行：暨南大学出版社

地　址：中国广州暨南大学
电　话：总编室（8620）85221601
　　　　营销部（8620）85225284　85228291　85228292（邮购）
传　真：（8620）85221583（办公室）　85223774（营销部）
邮　编：510630
网　址：http://www.jnupress.com　http://press.jnu.edu.cn

排　版：广州良弓广告有限公司
印　刷：佛山市浩文彩色印刷有限公司

开　本：890mm×1240mm　1/32
印　张：7.5
字　数：210 千
版　次：2015 年 12 月第 1 版
印　次：2015 年 12 月第 1 次

定　价：22.00 元

前　言

在和明生前两年，他的古体诗词集《错韵集》发行；在和明逝后两年，他的这一本诗词文合集《独上西峰》问世。“独上西峰”是和明游记散文中的文句，却也能够凸现他诗词文赋的独有风格。和明与诗词有缘，他孤情以付，独来独往，独上西峰。他一生似有亏而实不亏，终是还有几道霞光留在人间！

《独上西峰》较多地跳出了作者曾经的爱情旋涡和生活困惑，较多较深地涉及一些社会问题；更是重视社会道义和人情，有较多的篇章抒写师生友谊。和明崇敬师长，感恩师长；他热爱学生和教务，他对学生的批语殊于千人万人。和明一生孤苦无依，他敬爱、感念天下有情有义之人，几乎所有与他有一面之缘的，对他有一情相惜相慰的人，他都感怀在心，情不可舍，义不可去，必付诸笔端，甚至千般复咏、万般感谢。

这本合集中的近800篇稿件，一部分来源于和明农友李生科与和明小女儿马驰邮寄来的散稿；一部分为和明生前近两年与我们手机通讯中的诗词文篇章记录；还有我们收存的在《错韵集》中尚未收录的一些诗词编余。根据情况分析，屈指算来，除去和明奔波售书与求医看病的大半年时间，除去他的历年散作，这本合集中一半左右的诗词文赋都是他约在2011年9月至2012年8月一年时间内写就的，可见和明身体疲劳和辛勤作业的程度之大，也见得他创作时的热情和速率之高。

在和明的诗词文原稿中，有许多因反复推敲而写出的在字、词、句、段、题、文等方面交杂重复或变异的相似篇章，为了便于读者通畅阅读，我们舍弃了对比收纳、全盘呈出的初衷，综并其良，适作变动，以一为定，力争不失其宗旨和技法。

合集中有许多无题之作，因作者已去，而题乃大旨所凝，不得目允，他人又不便妄加，以防谬趋。如此，我们大多选择正文首词为题或在第一行中择词为题（个别综以新题），以使明晰分篇。对于一些缺漏词句，鉴于全诗词的价值尚大，舍之可惜，我们适作补充，并以括注方式供读者参审。一些费解词句，我们也适作改动；一些文篇，我们也宽以尽量保留作者原迹之想纳入。凡此不妥不便之处，还请读者鉴谅。

上帝是残酷的，人才是脆弱的，对于方始步入创作盛年的和明，我们只能遗憾和叹息。和明是一个农民，生活在贫瘠的陕北黄土高原和荒芜的阿拉善沙漠区，他为文的社会条件和自身条件都极其有限，而他毅然地做到了今天这一步，也艰难地走到了今天这一步，这十分不易，这是值得我们特别珍重和纪念的。但愿这本马和明遗作辑编能不负其本旨本愿，更不负其亲友及社会贤达之士的瞩望，能为大家所赏读。

特别感谢和明挚友李生科对诸多诗稿的珍存和提供；感谢其对封底三幅和明家人彩照的提供。若无此人此力，本书素材将有失半之憾。

辑编者：陆　浩　陆星吟

2015 年 5 月 28 日

目　录

七言诗（299 首）

杂言诗（32 首）

词赋曲（110 首）

新诗（22 首）

散文（109 篇）

附　录

五言诗

（209首）

翠竹生明月，幽香移思魂。
泼墨知魂所，坦毫任逍遥。

塔

见证人间事，传颂天国音。
浮云留光影，逝日汇神曲。

秋室静静

面壁山色浅，征容净回宣。
思魂画天地，显态啬人间。

冬影

旭日生晨烟，眠色幸高楼。
山川送远途，大路通天弦。
斜树负西山，残照岁尾寒。
日影掠时过，新春当不远。

调起旋风路，尽岁歌秋暮。
尘空积远径，易水处寒流。
黄叶谱唳曲，鸣墨谋深由。
捉控夕阳色，托笔相思顾。

（注：画双横线者为本篇章之题。全书同）
（注：书中“（......）”者皆为辑编者据情所加所补）

山险愁云起，路深步亲泥。
少年伤损处，仍惧阴风吹。

意识环节宇，妄语生春情。
得趣歌野暮，舍愁携新语。

（类诗三首）

一

隔窗听细雨，梦鸟叶下眠。
门前千丈树，秋声借院吟。

二

长夜悲心绪，秋声满窗吟。
临枕诘睡鸟，细雨枝上冷。

三

高枝叶渐逝，秋声倦催敲。
寒夜歇鸟梦，是否知泪痕。

问卜坎坷路，弃疾风雪途。
寂寞舞空袖，到处泪轻柔。

天落雪花魂，以洁赠红尘。
人间白歌语，腐污皆无痕。

古城初吻日，细雨迷心迹。
夜梦无殊境，风光烟雾稀。
但思足境浅，还哀拙念远。
千年圣人逝，一代新魂显。

青山矗天地，文章歌川水。
诗意恼人情，侮色不知师。

韩信漂泊处，客病忧歇时。
古地多事态，运占几回旋？

闲作

秋冷寒山城，荒草睡北国。
大漠眠孤雁，长空浮残云。

冬深

群山依偎新，江天一霾平。
道路雪迹厚，迷恋百丈吟。

欲装千层雪，还扮万涛山。
村服天鹅衣，城裹鹌鹑卵。

茫茫无边雪，哀哀枝上鸟。
不厌闹市乱，唯听读书声。

梦宋女词人朱希真说

提笔误言深，闻语不识家。
才知离别意，天暮寄云霞。

新友二首

一

春潮雨雪深，疑问听细风。
但嘱多添衣，莫使受寒冷。

二

云从东北来，湿意亲抚处。
关照窗前雁，窝巢可暖雏。
爱及瓦上喧，唆风檐下殊。
怯问相思句，剪尾雨轻柔。

孤居小酌

雷霆怒鞭空，霹雨响村前。
顷刻山成浪，顿使人如虾。
巨澜连天起，神兵浩歌来。
韵错山庄小，偷闲居处浅。

夜三首

一

明月听高楼，敲窗问虑疑。
清辉涤素志，剑壁照心扉。

二

待月东窗下，托思玉兔捣。
黑雾红染绯，圆乱谜聚少。
携妖吴刚斫，攀桂子意高。
若卷广寒帘，莫眨眼睫毛。

三

驱嫁云影蒙，出沐圆太清。
轮廓驰浩宇，形迹傲九重。
东来还复西，满盈自修成。
高楼一宵梦，百年次朦胧。

移笔

磨笔书山重，北愚移志诚。
天怒夺云恨，鬼妒拙句贫。

西峰寺

深处看不足，远方尽迷蒙。
寺隐山色浅，塔险莫过天。

临窗伤怀三首

一

高阁日先临，虚窗风入频。
淡云疏时速，咸愁吊孤影。

二

山隐迷远雾，乱雨下浅池。
人听雷声耳，雀振闪电翅。

三

山谷升残月，高楼睡庸人。
贪梦何相似，多情应不知。

春野

春岚围居急，阴霾困人环。
乱飞杨柳意，多吟杜宇归。

暑月夜

初乘东窗夜，远山托明月。
辉射四方寂，圆满一轮新。
床头读旧梦，捂笔舔残魂。
云单碧霞净，天阔好舒情。

先赞趵突泉

世上无比美，天下有名泉。
踞齐称趵突，入鲁声在前。

参禅

佛说口问心，趺坐误功名。
日闭千里念，揖掌一世梦。

夜吟

星辰明夜空，碧灿中天晴。
四野沉梦境，小窗孤魂吟。

弃愦

得罪人生辙，误犯红尘规。
青春捡不回，岁月何处赊。

道德之说

同流自清浊，不污常处妒。
堪孕红莲苦，才识母命拙。

戈壁怀古

浩渺横报国，亚戈探箭长。
铁蹄碎辽原，雕弓震天蟒。
北冥沧海戟，南骋鼓雁荡。
落霞征袖起，莽北草色香。
断文绿樱乱，飞骑卷尘狂。
射及长空雁，归箭大漠东。
毡帐狼烟兴，脂羔捐躯香。
歌悔金鞭落，英雄名远扬。

思梦四首

一

君住南川口，我居西山头。
心欲见君面，茫茫不知路。

二

当年孟姜女，为郎送衣裳。
夜入淮宁湾，抱梦小山岗。

三

君住南川口，我有相思苦。
几回睡梦里，泪眼携君手。

四

淮宁有火车，能载几多愁。
路过君门口，招手可停留。
借我一回用，莫把多情误。
若到天尽头，问我爱君否？

毛主席纪念堂前默祷

旗逝歌咏再，人归灵未歇。
功德千秋足，伟业正风流。
容迹水晶宫，英魂状天庭。
世间几番事，尽纳一眠中。

读聊斋

鬼狐皆有情，世人岂比拟。
我抱异史哭，知音不同时。

红杏子垒

滴夏雨沥沥，命运转苍翠。
含愿千里恨，惯娇一心苦。
江山知何绣，红颜尽倾微。
拙境开新园，前步落重辉。

餍眠

临窗睡愿浅，星约净玑现。
观察天沿近，梦醒月半斜。
孔雀灿夜光，洒羽怜扇选。
参斗横天槽，烁情耀心玄。
鸡声远处晓，言语隔村喧。
细听不似误，大概鬼争穴。

牡丹自然开

日浴洛河乖，古都花王衰。
兴史千年载，中州牡丹开。
士人云集至，万方豪绅来。
标榜高雅志，忘却身凡胎。
自称达务士，赏怀神仙骸。
草本无需求，卑人自称怀。
亮节称风度，以为脱尘埃。
隐去贪婪性，脂味骚满街。
强盗贵族势，不信母腹哀。
达者不知耻，总笑世人呆。
古今骚情事，应多不应改。

奴为贵·奴役新风二首

一

施舍千金少，惠顾万事高。
祈赠人主权，为君一风骚。
无限雅附情，人性肆意篷。
借抛莫说错，私欲也国宝。

二

老板动方略，婢人情深泄。
挥使六亲眷，都来献奴颜。
来役权边昵，共理得宠劝。
新颂无世态，祝候有新天。

织女变迁

改革才开昌，就识奴颜香。
首长握细手，老板吻臂长。
打粉插金翠，带束细腰良。
何心犟牵牛，娇喘付尘土。
从此断机杼，入城竞风流。
官家宝小妹，不如奴家女。
终身庄农妇，岂是一生愿。
离婚作二奶，成仙上天台。

偷闲居

韵错山庄小，忙里偷闲处。
琴听埋世态，剑气鞘中霾。
山月射窗微，梦影随心扉。
扶云阅天路，幻界创未来。

墅梦

枕梦卧云醒，释愁劫呻吟。
面壁光阴尽，守釜餐风情。
喧袖烹寂寞，扶鬓争功名。
花发陪韵生，拙境信鬼神。

临窗灯影

一望冬无忌，半听鸟鸣声。
轮廓天地设，道路任踪重。
和谐宽海域，垒鱼筑高峰。
千古封神笔，半宿入稗文。

贺兰山下知青度

戈壁长鞭远，贺兰北屏障。
沙漠王知途，驼城万峰乡。
婴泪含祖籍，宝雕射天殇。
曾仅女娲石，托云炼金汤。

灵武黄河渡

夕阳西入山，北风号霄汉。
谢玄灵武渡，乱云留远寒。

回想乌力吉

牧驼千里草，扬沙边城隐。
狰狞四野道，空旷八荒风。
茫茫层天远，稀稀绿原重。
疑望接地处，人家寻几村。

夜宿山居

墅梦辞昼醒，帘幽欠月深。
入怀抱吟迹，星烁图晓色。
违意恶世态，纵笔写年轮。
不关昨夜情，任风扫余痕。

独处

愚拙生顽性，意偏羡每文。
楼高迎旭早，窗阔揽月明。
增瓦参朝晖，卷檐恋时频。
句痴虚染墨，笔诚砌真情。

悯农

父母汗千滴，子女一挥间。
为儿勤读书，日日苦俭约。

打工种谷二首

一

种谷收入浅，家人各分别。
打工入都市，为奴赚金钱。

二

昨日入都市，归来含恨眼。
不侍生产者，大钞花满天。
从此休耕作，人人差别远。
打工何所求，妆笑奴隶颜。

晚曲山宿

村入山阴处，穴居日照缓。
禁釜灭朝食，携疲归睡晚。

晨行巴音街

倾目浸边城，溢脂嫁晓风。
寒袖拢新疑，天街飘游魂。

戏说师风

遗风铸高桥，旷陆腾野鹤。
入史著和谐，日月冥青纯。

脱稿

韵错移俗轻，草原春含冷。
绿梦忽略忆，城外野趣新。

书待印旅居巴音

霞风起紫烟，飞旭过山影。
沉睡听摇草，选石贺兰近。
阔视遍野目，长歌怀旧频。
圆梦大漠西，吟桥摘叹轻。

宿处回陆老师信息随吟

情系天涯远，魂余大漠边。
西风重照夕，洒念酬知己。

夙心

风云天涯路，立愿处神州。
早年相思迹，画作醉魂图。

励盟

朝扉人欲忿，情戴古国风。
腐石筑天路，皎月射途蒙。
日挽百绎络，择共一回纹。
山河脉千里，桑麻植巅峰。

巴音公墓记

清明会鬼蜮，上玄赦幻界。
悲神斟斗饮，酒仙哭四野。
罢歌展袖飞，酌性叙良约。
酿志称风貌，德色颂和谐。

夏末

窟居情多寒，夕阳愁照山。
晴色无意逝，花影逐消残。
对恨施怜计，抱梦付参禅。
流云转风尘，欲雨添愁烦。

看剑

逝光随影缠，娇舞独抱婉。
驱锋恋喘息，尽情艳挥汗。

己丑末秋

岁知重阳好，无情不厌恼。
江山依旧在，风采为何老？

唐瓦岗英雄谢映登舞剑歌

剑影夕阳下，掠光已悄然。
无意追往事，有泪莫轻弹。
虽集霸王业，原为民生安。
健卒乞主投，布衣懒入观。

信发赵闻清老师

师励千系情，解论坛聚新。
籍游客途浅，良识雕技穷。
致言故乡语，揖礼幸从容。
首望三合造，泥首谢助馨。

答陆老师信述再（赴）校事

愁出千首捷，情惑万言真。
庸俗多彷徨，处卑野句诚。

接陆老师无字信息

无言信深情，关爱胜慈心。
俨然胜手足，生涯共纭机。

悯农五首

一

丈夫作田里，不由泪沾衣。
去年妻入城，做人二奶姨。

二

干部一月薪，夫耕三年苦。
妻子灯下叹，不如不种植。

三

春种一斗谷，秋收万石粮。
费用九千九，明年借贷耕。

四

萧条春草稀，耕泪还我愿。
旦起数粒豆，来秋够本否？

五

农夫一年忙，官家半日薪。
此旨谁人定，村庙问诸神。

集团掠国宝，分撒富贵家。
穷人无分文，眼泪暗抛洒。
大钞漫天舞，难入穷人手。
打工奴役苦，不够儿女读。
老板金钱酬，日日闹歌舞。
穷人无欢颜，偷把眼泪流。

赞叹

地皮不可刮，地心深可钻。
祖国好河山，取宝壮腰包。

奉友

强盗释路难，牛鬼千魔幡。
国宝尽数易，民帑封豪残。
镆铘生锈钝，赤兔荒野老。
挥欲待新锋，伏枥任途重。

巴音白玉桥边

宇静少爽风，穹空薄云絮。
玉桥隐旧梦，碧水射春旭。
山分东西秀，草知冷暖趣。
漠阔平塞烟，路深趋步虚。

巴音雾晨

欲雨天知晴，雾辖万方浓。
迷蒙志士趣，糊涂树高风。
山中眠恨石，花间卧懒虫。
惊草轻悲歌，细烟慢咏空。

左旗练笔·愧于忧怀

数岁忙空愁，无景幸天涯。
苟且沙城问，欣辞赋桑麻。

版出嗟吁

式文复厌观，作笔吝人环。
诗盛神生怒，句浅鬼怨寒。
涩字懒酌兴，韵瘦何许叹。
奢问才如何，嗟语告天参。

答李贺意

峥嵘落拓道，失意独行处。
恋梦曙新色，抱愧莫轻书。

书面世日二首·辛卯古四月二十九日

一

磨句搜腹吟，诗集感飘零。
托岁生白发，计谬弄瓦贫。

二

惙墨书山重，北愚移志诚。
天怒夺云志，鬼唱四维空。

为师有限二首

一

入学校师生，判文化深情。
鞠尽胸中趣，栽栽后代人。

二

躬耕授学盟，取舍献真诚。
失眠更次稀，离床谢鸡鸣。

卖书叹

感卖开俗颜，祈顾折腰浅。
文作辛酸处，逃逸换尘缘。

首发式·计开宴

欢聚助开筵，坦怀庆咏典。
应歌友谊会，共餐雕虫宴。

给王秋才

信缘曾敬仰，金风获果然。
拖欠诗千行，师情一回览。

师碑之歌

勒石动天由，碑歌获千古。
凡鸟鸣高格，流芳人间妒。

雕虫卖

穷途伤遗痕，落魄卖斯文。
奔波动盲意，赊名计工虫。

晨野

旭日冲紫烟，残雾聚山前。
村鸟鸣田间，乡影乱入眼。

钟馗画

惊魂已镇魔，恶笔化神疑。
巨墨畏云稀，激匠刀工奇。

美女屏

山垒空色浅，嗔眸迷深远。
杏林不足看，秋翳画云天。

神锋芒笔赞

诗论千古长，润芝敢荐芳。
穹起寒苍宇，流香射神芒。

诗岁

折芳二月村，剑情莽手穷。
绿意虽温春，嫩芽寒枝呈。

文昌塑泥像

投笔妆笑颜，接忧惊诚喧。
诉意唯可涂，自观曾千年。

星谊

斗撒夜气深，零落不关心。
眨烁惜时年，寒射更伤情。

歌流年

和谐温春喧，后庭喜开宴。
官钞沓沓挤，官冠簇簇齐。
高楼如棺垒，大厦敢超天。
九里小康村，百万大款街。
农夫弃锄笑，村姑赌场艳。
明月静入梦，夜窗照几家。

给女

四季寒暑更，读解冷暖情。
但惜身上衣，应知含苦辛。

夜立冬

秋雨夜入冬，匝地声暗听。
一枕零碎梦，尽付半床吟。

冬月工二首

一

寒阳惜白雪，野鹊恋枝吟。
夕烟起深村，笛唳咽幽情。

二

未尽九秋霜，又覆三冬雪。
江山无故白，道路重入蹙。
天揭愁云志，人念度岁诀。
为征少年梦，拼碎永夜约。

秋情二首

一

叶乱一秋景，风卷半天云。
北望鸿雁路，千里讯友情。

二

寒影夕阳下，无意追往事。
秋风已悄然，有泪不轻弹。

七巧

七夕星露冷，南山月半明。
风吟秋欲尽，思绪到天庭。

欠月赋

入梦何所求，魂泊欠月楼。
去岁悲歌兴，读解溉新愁。
薄释一生爱，叹饮误风流。
参文辛酸处，浮情忍淹留。

回忆

同窗共学浅，三年微知音。
可叹忽分散，天涯各叙沦。
无情岁月逝，命运任飘零。
流年歌白发，红尘恋无凭。

学友

芦妹非凡鸟，风流入尘游。
江山一身携，生涯足千秋。

驼城登楼

晨雨惊晓梦，思云齐雾观。
高楼懒睡足，开窗望童年。
山前垒层霞，天边轻浮烟。
远虑幸相识，近愁莫凭栏。

星期六

时逢星期六，信步浪街头。
香街千条路，宝马万般流。
民工桥边囚，孤客暗怀羞。
游人争夸富，野魂餐空袖。
士女挽臂行，贵族挥豪酬。
涮酒醉高楼，扒骨竞风流。

吊江姐

忠魂敬天地，揩容漫洒泪。
何惧屠刀横，整志江山愧。

先烈颂

壮怀目古今，舍命山河引。
捐躯悲歌兑，血艳溅民心。
染迹风采路，抹章虎皮新。
遗愿成残污，愚人吊泪轻。

韩英悼·歌剧《洪湖赤卫队》

母幸千年爰，儿赴断头台。
为挽中华魂，敢救亡国哀。
征志向泉壤，悲歌壮胸怀。
折指倾天恨，碎齿巾帼凯。

说诗

唐人好诗风，句出贯绝顶。
征韵勤世态，摘言趣时境。
为挽高格调，避劫致德行。
佳偶随机成，警语愿馨听！

诗论

豪言狂语奇，愿夺俗情稀。
含冤涩耻尽，博念何所疑。

史恨

权隐盗贼沉，国门匿枭雄。
欺祖灭世态，啖血讹母胸。

楼梦二首

一

射月入梦园，高床云卧斜。
明现玄机情，争寝化鹏蝶。
飞冷星河灿，集恨贯天沿。
访悲醒晨雾，拆蜮启永约。

二

射月入梦圆，高床云卧斜。
明显天机静，更约玄妙缘。
凭窗临睡姿，梦幻从境界。
窃听嫦娥寐，疑霓惹怨掩。

天不灭曹

谁识汉相志，擒龙别天壤。
千秋曾贬论，万劫轮回谤。
我本不弃世，世人自弃我。
遭与三分图，独抱风流长。

赵一曼

意志纯屠刀，傲骨哂愚顽。
风格御残敌，素质千秋传。

师助

明师致高远，喜兴承风泽。
话深书页长，才疏浅名色。
俗词妒圣贤，句庸恶鬼呵。
许诺平章调，捐历拼永炅。

五书

九州称移拿，百科举专家。
磨炼千秋笔，敢写真年华。
生涯知世态，弥情戒虚夸。
偷恋红尘爱，羸集胜全瓦。

师风千古

一代故乡情，几番北国缘。
诚心助斯文，力尽人师贤。
睿智流年记，玄机风格险。
永垂高尚调，秉性入慧选。

餐墨

拙境守空釜，弹剑问心扉。
撷笔归趣浓，佳句集错处。

司读儿女

磨损多少笔，背负几卷书。
五岁入学读，十九不成名。
年年耗家国，搜空父母力。
掏尽南山笋，钓干西河水。
儿若黄发染，女还娇滴态。
问儿何所习，问女何所得。
言父钱能为，入世随经济。
无钱难再学，无钱难成才。
嗔父蠢农像，怨母愚妇态。
继耗愚昧汗，儿女升学还。
生活要品位，补习要品牌。
现代国风盛，送彼都市行。

巴音游记

三月北国边，柳迟初起怨。
旭日怒升空，重山磨远恋。
红桃近春色，黄沙未染蓝。
薄云宽大漠，风袭孤城烟。
街阔多佳丽，短裙不遮鲜。
细吟惊纱衣，入鼻掠芳迹。
信步入小径，便观奇石险。
渡桥绿水寂，摘影成诗凭。
访友参云巷，文章濯顽性。
回宫经天路，灯树夜不眠。
天上斜挂月，高楼乘残恋。
几家莫欢乐，几家不知愁。
诚信和谐梦，道高魔不先。
游子俗无奈，脱魂换乞颜。

欠月楼

韵错何所倚，登楼向天帝。
四山碧野晴，乡俗一川平。
远阔明大道，侧居清溪濯。
朱檐全照日，轩窗半揽月。
净瓦拥重辉，寂帘护影垂。
杨柳村庄路，小桥通天穹。
依依陌上桑，脉脉山乡情。
丝竹致流年，剑歌挽韶华。
酹墨寻逝岁，磨笔混生涯。
冬阳耀壁沉，佛光入阁深。
弱夏红尘新，风流过行人。

缓缓勤送目，款款笑语频。
唯秋获好梦，饱馋丰色景。
牛郎掮粟吆，织女摇袖诚。
笑脸幸鹊桥，星河渡征程。

路途

企知天高雾，山寒远重暮。
历尽冬雪路，四望唯远途。
停车歇边尘，思叹入巢殊。
沉吟表心迹，探羞痴磨愁。

择文

洒墨无情地，韵消鸣咽处。
置爱平仄浅，吻怨抠心枢。
借语薄世态，邀句血贫呕。
寻舍流芳至，旦凭文吊酬。

师生念

翠竹生明月，幽香移思魂。
担泪浇秋声，拼目染风色。
吟对星河静，冷画碧宇天。
梦戚云鬓改，故岁不知年。

清平诵

升平四海道，和谐五洲风。
漫天飞大钞，遍地长荆蓬。
野粟摇光阴，祷情祝鼎深。
喘息桑梓地，秣书黄叶村。

画议

泼墨知魂所，坦毫任逍遥。
新作凭秋力，也拟痴纵妙。

除夕夜未沉，吟应不歇停。
岁守长生梦，鲜炮乱争鸣。

归不归

呵共深窟回，锁沉轻出行。
不识良夜苦，莫悔孤魂游。
着悟晨掩牖，欲归钥失踪。
绝叹奈何息，歇庙伴山神。

炊吧

剥豆果腹炊，挥荆病斧吟。
弱烟扶云上，衰草萋苦荣。
不炙刀俎肉，但调细辛勤。
当务暖肠愤，灭此朝食伦。

归醉登楼

东天升明月，西山尽残辉。
朝云释夜影，暮壁谢日回。
释迦人生梦，诱惑空攀桂。
临轩展被枕，铺簟星辰垂。

寄三姐

寒锁千山远，但忆一念浅。
读书中学志，常备争名次。
相逢知识气，谁谤文韬稀。
不厌红装鲜，应惭学士脸。
选择山通道，唯欣水相连。
惜别餐野风，再见年余前。
迷途曲径疏，幻界广寒远。
高举斫桂斧，寻兔玉杵抛。
仿佛嫦娥奔，羿泪射凡庸。

恋情

夜气深入寐，冷被亲新捂。
假期别梦逝，天远旧云收。

怒女

寒流远山绕，彤云眉上横。
嘶风知道路，啸咏信春吻。

项哀垂百乐，夕阳残照雪。
寒射千里云，严装一岁梦。

冬日消瘦容，北望意沉沉。
勤师回新函，得愿泪关山。
学识无小进，拙句待成文。
当年曹雪芹，因痴离恨天。

勤师

远涉千山好，忘情频争涛。
姑尽平腾足，傲驭一回娆。

枝上鸟

寒照残阳冷，余白不尽雪。
还见枝上鸟，啄足顿哀颜。
厄容错理羽，拙翅慢摇闲。
数尽冽岭风，馁脊曲项胫。

改格律

前路景色好，他人已留名。
我欲步其尘，又恐足迹深。
梦求知己泪，洗灿天上星。
藐目摄断魂，自信随念生。

希望之叹

花开又花落，与土共染芳。
人谁能做主，只好谢风吹。

寄女短信二首

一

忽飘初飞雪，误认柳絮起。
相携近人寰，遍落封尘泥。

二

冬初入霾深，朔气霸主重。
光阴不可夺，学习须用功。
三昧颠倒信，八书前后分。
岁月无迹考，生涯多聘咏。

星期日·十月三十日

日晕天暗愁，似飞不见雪。
零落不知处，依倚难寻觅。

星期一·晨

轻逸初飘雪，柔拖一缕魂。
江山由人看，生涯随意新。

静日对寂寞，身左无限惆。
人对千般乐，情淹漫天忧。

明月当空，剑吟何为

四月十五日夜晚，愁思无法排遣，明月当空，遂拔剑起舞，自祷说：

夜光射青龙，三尺藏影寒。
起舞疑所求，月宫似可攀。
[青龙剑啊，你冤在我手，我冤在人间!]
（注：加“[]”部分为作者特注。全书同）

戏说诗情

陆野创心迹，春岚起辽廓。
远桥射彼岸，天堑变通途。

夜色知窗冷，曙曦幸高帘。
疏梳柳飞愁絮，杜鹃啼昏晓。
遥射千古岁，聚痕一春尽。
流年难储蓄，仍忆旧景韵。
桃杏青青子，桑麻淡蛾眉。
日月随时逝，相思已无凭。
拙龄亏生涯，巧梦慰花发。
任从光阴迫，新句更不穷。

随笔

生涯多坎坷，往事如影帆。
不学如停蹄，长征何时还。

观裸舞健美舞

裸舞情魂售，肉美色难酬。
欲穷千里目，收金百万斛。

冬不眠自由行歌

冬问几携春，四海贵翻腾。
老骥伏枥死，细犬举国宠。
九州肥鼠舞，万国豪士诨。
凌霄塔林云，黄金入海深。
红火人沸欲，禄酒画楼重。
媚洋千弄姿，搔首变发新。

倾族恋夷风，恨肤炎黄种。
国拥酒肉臭，路无冻死魂。
地皮恶吏刮，地心豪钻深。
无钱农夫妻，摇变富家妓。
姣儿读书郎，母作肆瓦娼。
万金作夫死，妻喜作养娘。
美妇侍官场，美夫作侍郎。
村夫失伴妻，流落街巷里。
打工拾破烂，旋作揽工汉。
村夫失伴妻，乡下受孤凄。
农活独难作，单衣更疏餐。
极乐官府天，开放笑开颜。
阔口啸全球，大肚食世界。
二奶三奶多，七奶八奶少。
官家老板天，老板官家饭。
老板千千万，美姬万万千。
世上无难事，请君向钱看。

明镜高堂悬，恶迹座底写。
森森双铐手，落落菩提树。
铁窗魂不散，狱门血泪染。
歌哭苍穹老，笑对霜秋寒。

乌海寻梦

巡梦籴远城，鸣寂择木深。
河阔旅舟楫，听瑟澎湃声。
沙渚租巢籍，问径挹归程。
巧吟信高梧，愚行赋师魂。

——2011 年 1 月 9 日

（注：破折号后的小写时间为作者与陆浩手机通讯日期，以下同）

乔老恩德厚，陆兄情天长。
痴梦承德色，指日还惠泽。

——2011 年 1 月 19 日

辩彰知您意，夜色蒙羞愧。
忙中舍金言，复我闲聊天。

——2011 年 2 月 4 日

洞中信号绝，夜迟信未接。
出洞迎旭日，佳音同时到。

——2011 年 2 月 7 日

释怀春秋情，感慨朝夕存。
宝物忌污渍，野粟伤风色。
生涯百年贷，情性终难赁。
真爱藏无由，假哭贾愚衷。
翻补岁新揉，增参踢云途。
预日成笔误，诗魂归何处。

——2011 年 2 月 10 日

不敢言谒见，去见太狂妄。
听命是礼数，陆浩为我墙。

——2011 年 2 月 17 日

（注：谒见指陆浩建议作者亲见乔老）

劝鹤

鸿途遥看远，觅果徊塞北。
梳羽吟春色，刮目应亲纬。
幻界抚彩信，鬼蜮敢为馗。
近道舞魔杵，醒墨集琼碑。
——2011 年 2 月 21 日

原注：梳羽一句自喻，刮目一句答陆老师之心情。

说师三首

一

人风学子务，师德震古今。
惜情尚高格，得文化本色。

二

谁主沉浮沦，兑文凭问津。
子揖禅脱吟，千古话师名！

三

师风惠若沐，濯境涤心神。
敢为人杰后，历史载芳芬。
——2011 年 3 月 3 日

情系天涯侣，魂赊大漠边。
西风重照夕，洒泪酬知己。
——2011 年 3 月 24 日

清明冥海域，上玄慈地狱。
群仙斟斗樽，冤魂哭四野。
罢歌楼台会，酌情酿素缘。
展志称风貌，德色颂和谐。

——2011年4月5日

国非人欲盟，情本戴星辰。
腐木筑天路，姣月射途蒙。
同挽百望绎，共择一段文。
山河脉千里，桑麻值顶峰。

——2011年4月5日

风清人宇静，穹空失云絮。
玉桥隐柔梦，碧水射春旭。
山分东西秀，草问冷暖趋。
漠阔平塞远，路妖步履虚。

——2011年4月10日

闻书开印

致师愧高情，逐意参玄天。
九楫学方舟，励墨溉神安。
抄斧桂东斫，折叶兔捣冤。
寿格霄云渡，搬影著人间。

——2011年4月13日

联弄

九霄谁人虑，远绩身北国。
亲籍幸淹留，莫悔鬓霜情。

——2011年4月13日

说农二首

一

妻积去岁土，夫耕二月花。
但愿到秋来，不求富人家。

二

为儿求学难，滴尽父母汗。
家徒四壁辉，此后债怎还！
——2011 年 4 月 17 日

无过

知虫鸟举喙，惜语人撷笔。
拿拙钓心迹，担昧画春碧。
——2011 年 4 月 19 日

答师讯

君情千古典，日月皆可鉴。
上苍讯功曹，天河水洗颜！
——2011 年 5 月 9 日

书赋

青史入籍论，行藏愧清贫。
半试赏心文，衣底笔浅斟。
书作媚思韵，沾意话人生。
搜肠空更梦，宽为鸩迹饮。
画形能移容，痴句敢医评。
良墨微染悴，哲毫欠挥勤。

关系多不平，失仄语妄吟。
试联觅雅兴，拟对寻知音。
盟听海内瀚，豆棚瓜架咏。
振奋歇翎翅，愿施图天屏。
歌尽野魂志，涤旧骚人胸。
生涯无限美，风光哭有凭。

——2011 年 5 月 31 日

生涯已酌就，何须属他求。
世宽人道观，儿女自炼修。
不必费苦辛，独把兴趣守。
师情共挚友，原始父兄宥！

——2011 年 5 月 31 日

祈祝圣开颜，书成又吟冤。
文人辛酸处，穷更天地贬！

——2011 年 6 月 1 日

非山岂许深，无崖堪为樵。
捉雀织荆巢，木斧枉称骄。

——2011 年 7 月 5 日

梦牵北国

日暮黄昏远，北国讯问浅。
天色同一理，次第雨雾期。
拒获千里梦，幸融百念先。
江山爱永固，文才自惜怜。

——2011 年 11 月 5 日

天愿人如斯，凭慰千秋时。
冬来寒吊稀，师音已知己！
——2011 年 12 月 7 日

扇诗二首相慰·近仲夏

一

列竹昆仲植，勒笔玉帛拙。
致墨聊慰兴，宿韵示高格。
节级使屈伸，斗骨不弯折。
展廓图胸画，东风如愿逐。

二

持节册居匀，雄图转无穷。
聚风著胸襟，藏格入真屏。
纳情生凉意，献景趣远遁。
一袖拢香色，千秋果不逊。
——2012 年 5 月 30 日

赞宋江坐骑［照夜玉狮子］

鬃尾鞭风尘，伏枥迷远程。
磨蹄轻行迹，聚汗濯功名。
傲履凌云栈，关山路千频。
意忽腾天步，碎踏广寒影。
——2012 年 6 月 6 日

修改去年扇诗·消渴纳凉竹扇解用

紫扇情拒庸，盈袖贯斯文。
轻摇光阴迫，旋转乾坤风。
展屏藏怀抱，收笔入画新。
沧桑挥间逝，百年忽逍遥。

——2012 年 7 月 9 日

小学生

浅课薄途吟，背负书山沉。
日理题千道，脱胎知母魂。

慰学生

岁月依旧浅，日影无意斜。
生涯空恋容，莫须忆少年。
青春随时逝，绿色酌晴显。
汛间光阴迫，新句喜空前。

给学生作文的批语

花季唯芳袭，妙龄最珍奇。
知书当此时，撷文效人梯。

给学生姬翠翠论读史

读志情肯直，学生心应细。
多习哲论功，少用无异理。

寄书于学生姬翠翠

师承千顷愿，但足一时欣。
书成弄传迹，携尔继前贤。

复学生仲秋书

佳节多高气，文采果腹香。
应惜仲秋月，经纶献穹苍。

读女学生姬调伤感句而作

得趣知己深，愿共生涯梦。
人生寂寞泪，化雨注彩虹。

代姬调作

家居深山坡，与风共起舞。
不知世上事，与我梦相同。

姬爱爱

同鸟竞展翼，爱花均开妍。
羁情空前怨，立志碧云天。
原注：姬爱爱现读艺校。

姬调《无忧鸟》评作

前路景色好，捷足为功名。
复履去探求，展翅寻知音。
藐目射心寒，泪洗星光灿。
心中有佛祖，何愁无真经。

近期末上课随感

一段生活路，感怀如醉酒。
无限师生情，化作岁月稠。

答陆老师“生活若不济……”回息

晚霞漠然开，辞绪应思贫。
烟笼四野道，江湖落无凭！
记叙生存陟，关山励踪频。
唯情幸手足，玄天释诗屏。

——2011 年 5 月 21 日

妾身生得贫，不愿值千金。
农村风光好，懒得城市跑。
春沐杨柳风，夏伴蛙儿吟。
秋色随意恋，冬雪任选情。
日月逍遥岁，美陪四季景。
月儿故乡明，鸟鸣村庄亲。
听得虫儿鸣，小鸟夜惊醒。
梦语贪不足，畏翅依母亲。
妾愿土炕眠，妾愿听秋声。
村夜伴郎静，香被暖身情。
市里多烦躁，秋夜无蝉鸣。
不见秋月梦，不识鸟夜魂。
听溪夜潺缓，听鸟被里情。
拥郎到天晓，共鸣过新晨。

（注：该诗为作者小女马驰 2014 年 5 月 14 日手机转致）

七言诗

（299首）

漠烟千隐微微岸，孤渚半裸滚滚霞。
神农骑水尝百草，炎黄犁天织九州。

新春滔滔

春风慢摇柳先醒，燕语归来歌新谣。
和谐大道通天路，十亿神州忽舜尧。

小楼夜

颦望四野夜声传，银汉迢迢壑照山。
瞭远写尽天边意，揩泪回首云半残。
轩窗存梦羞揽月，浮枕露影光轻沾。
星围斗困壁生寒，帘掀微愁辉落晚。

昨夜小雨聚梦深，窗前叶下歇飘魂。
凄沥淋汀归无处，愿尔掀帘入朦胧。

春令滔滔

春醒大地万木苏，疑看神州悯舜尧。
岁月兴叹感开放，人间和谐虹为桥。
乾坤无奈八卦老，道海有情释诠妖。
弥天高雾行彩屏，神人障云乐逍遥。

岁候

和谐年月初恋日，明哲生涯早烹书。
捉文化妆了疑寐，题斗情胆略微殊。
磊壁光阴讳谋深，过窗掠影肯涉贮。
苍穹不可高无沿，拙发万丈天笔赋。

感月深岁

愧步千秋长生道，才备一世自弃人。
牛鼻虎尾应牵拽，狼毫麟迹亦清分。
未折后羿射日箭，差炼吴刚斫桂斧。
玉兔停捣月屠明，青坤嫦娥驾遁风。

剩庸村庄

性庸才疏偷闲居，孤魂潦倒叹留守。
岁月如斯情未了，光阴慨然山庄秋。
谁信孑文夺笔耕，懒形依旧不改愁。
德色不足残杯箸，鬼句韵错争入流。

偷闲居

西窗眺目盛思稀，牧笔半歇滞重疑。
勤仰碧空风万里，绿野低树衬天际。
九霄祥云高落影，瑶池弄笛声不起。
一语雀惊醒墅梦，偷闲主人韵错记。

赋欠月楼

傲脊惊空红瓦绣，朱颜碧窗净霄崻。
紫气轻婉南北色，画影沉现昼夜情。
高阁临风停云迹，挽霞留晖图朝夕。
山雨来曲赋新楼，闭月羞花慢春秋。

居楼忽读陈晓旭逝

凭卧红楼梦不醒，鸡声传恨纱窗静。
朝露初湿晨光拼，烟霞轻蒸晓旭生。
微风卷嫩春送暖，日喧中天瓦射蓝。
莺歌燕语鸟鸣翠，紫气腾脊云锁残。

思友

神州茫茫时拒空，北问天涯想亲朋。
忽忆山盟相待日，泪濡韶华误青春。

抄抄书写无顾忌，惓惓手足尽可依。
相顾何虑千秋远，日月光华同两地。

新居春色

小楼落成三月半，四面青山拱一川。
绿意早醒袭人气，和风漫翦草虫衣。
溪流轻泻去年水，杨柳乱飞昨夜花。
彩蝶仍舞恋叶姿，归燕依旧昵梁端。

独登楼赋

晴看山川秀丽好，清明时节尽妖娆。
桃花枝上红寂寞，绿云深处有人家。
土生泥香枝放态，水映蓝天波藏影。
景观无限太平世，天命知涯新居起。

逐梦吟月

西窗月羸东窗满，巫断高塘玉宇寒。
乘夜横弧走天弦，出浴平角至人环。
曾经小楼眠醉影，沐尽太空冷画魂。
夺魄厉色惊人梦，入类荒野远山小。

遥相呼应

——得长于陆老师拟题术

极目天涯入梦遥，凭窗借月上九霄。
青鸟沉鼾松翠羽，眠犬蚕卧听远樵。
八仙歌舞升平饮，十万天兵魂醉摇。
嗟语不平咨帝所，磬声袅袅和谐谣。

盼佳音切切·庚寅岁情

楼梦夜揽一川晴，遥画三山月半明。
低窗高悬树梢轻，薄云轻浮天路远。
史传阮泪嗟异途，韵错人依神州闲。
陆浩狂飙崛世纪，晨星璀璨旭岚喧。

初春·丁丑年［九七］壬寅月甲辰日［二十五日］

别妻别女背井游，风尘一路走西口。
靖边武校留魂焦，行色匆匆暂却步。

春晕

如来到达春初浓，山河未醒料峭风。
百咒祥云阴不散，一绿回忆更惜红。

山行·九九年五月十四日

去年今日此山行，禾谷盈盈阻归程。
忽见赤日千山裸，不知天下农夫心。

再读聊斋

读罢异史泪纷纷，哭狐哭鬼哭蒲公。
可恨生涯不同时，长歌应泣向秋坟。

芹汾驼驿

榆林从来好风光，高楼幢幢欺上苍。
觅福熙熙人如蚁，黄沙绵绵城外藏。

月光曲

月出东山景参轩，序云回碧弄意渲。
九重霞谷铺睡簟，卧晕深处隐神阙。
羞花半闭含野习，惊廓掠影入庄轩。
回塘无波浅眠鹤，畦田多虫蛙声歇。
小窗射穿红鸾被，金灯掩碎绿屏帏。
输情孤魂无家归，经入人间哭少年。

新居初宿·辛卯秋

初住新居，乡俗称暖窑。人们往往大摆宴席，亲朋好友，庄客近邻，响天醉地，贴联喜迁。唯我愚蠢，不会张罗，便只好独自搬铺入居。只此赋迁一篇以留痕迹！

东窗射月西窗梦，半枕思绪半枕眠。
山无露影鸣寂寞，鸟啼旧巢怨归情。
诗神未逝缘犹在，人恨已涸心不知。
对吟野泣拂唾唳，联鬼悲句羞弄人。
花发应惹多情恼，韵错堪嘲千古风。
墅梦欠月人歌瘦，楼外依旧去年树。
倔枝结裸叶翻愁，叶底懒虫藏听秋。
去年燕子归来迟，花谢柳死留残忧。
偷拨古筝三两声，一声难咽一声休。
借问素娥请教弄，天梯飞来云锁恨。
月盼分明星怨稀，开曲破翳神相疑。
斗驾御光天忘晓，孤魂彻夜不思觉。
朝露半起鸡暗啼，紫曦匆飞晨岚低。

中秋会

亿道瞻出一轮苍，纸烛香马饼供尝。
飞鸢拼燃遥空祝，斟酿竞醇传杯狂。
果芋高垒争峰献，瓜切倔峭型思良。
神功捏碎昆仑迹，鬼道劈开瑶池光。

白蛇蟒记

千年焚烧一炉香，西湖帆影入仙乡。
波涛溺爱恨百尺，讨法浴愤排战场。
怨重不怜泪洗雨，多情反复裂寸肠。
高格万代化云烟，青锋白刃答上苍。

过深山孤村

霞飞云动夕阳暮，炊烟寒上人家孤。
小村道路客疑步，四野落晖剩岭头。

车过贺兰

朔风初起碧草稀，远履北国拾梦遗。
荒漠重复埋旧疑，山形沉默石负奇。

庚寅望

忽梦帝都降音祥，忘形揖佛合什忙。
各洞神圣凌云见，每秒时间化思盲。
上林升起莲台影，颐园飘出紫薇香。
绘狼牧笔参朝晖，鹿蹄泥足谢上苍。

娘娘庙山登塔记

塔高惊空罕上迹，窃霞恋云更朝夕。
入仙乘步上紫微，脱胎渡莲不染泥。
四大部洲低眉现，五岳真人恭首揖。
访罢天国留神韵，又还尘埃下凡梯。

原注：紫薇指帝所三垣。

庚寅弥念

一枕遗梦晨风软，百叫鸟语撤夜栏。
捡恨不应红日西，得意还是泪飞时。

六十己丑国庆

庆国花甲举案全，四海升平喜空前。
江山富裕民意闲，高楼万幢连天阙。
时代改革多极乐，社会和谐人歌甜。
悠悠生涯须纵酒，从此天下上九流。

子文（一）

踏破铁鞋书非山，饼形入腹耐充饥。
刻舟无需复求剑，画地为牢上云梯。
掩耳盗铃列宾俱，苦海无边尽心扉。
姣娃美姬款款舞，国宴声歌日日掀。
对酒莫愁天不老，虎踞龙盘更妖娆。
回头无岸叶公好，学海茫茫路遥迢。
痛改前非无回辙，遗情堆积不再多。

相片·师生照二首

一

率鱼攀溪小沟眠，坡斜树直入草深。
游子玩墨欺童年，红莲山菱化心境。

二

入教同游墨池浅，渺作巧赋化童缘。
小巫有志险峰劲，别语一时哽写难。

未效东篱颂亲缘，魔以岁月夸宣言。
吸趣吮父轻诡辩，触唳啖吟时势变。
桂荫遮窗枕鱼梦，斜看夕阳又重帘。
洞深不识斗笔醒，秋风掠影逝流年。

面平川目标天际，傍青山情系千秋。
拼生涯歌哭年华，长路漫关山莫阻。

尽日长天云入山，几曾风光几曾欢。
昼枕热念吟风流，夜抱歉梦问无栏。

辛亥革命起世纪，百年风云震国戎。
刀笔功勋谁堪似，中山英雄有后人。

英名盛传已千古，震撼苍霖百年秋。
韶音虽未临天界，伟人丰采民间酬。

当年曾经抚梦游，醉魂摇摇泪独流。
千里难觅知音路，唯向天际识云愁。

信寄三姐

尽日落霞山朝晖，云望远径碎心扉。
痴文应述异乡苦，愁思已向天际飞。

夏逝秋近

高阳横洒绿渐衰，垂叶深藏九秋哀。
集裸落实重问句，漫笔生涯寻墨揩。
俭省岁月夸世态，信念奢侈慢入怀。
作痴不可伤往事，人间沧桑几逢葳。

民富国强

国喜特色民何讶，和谐人歌后庭花。
大钞叠叠满天飞，轻轻落入权贵家。

九五年回乡，村办寂落，过去的农田基本建设全被毁坏，村坝坍塌，梯田亦全被破坏，有感而作，不由揩泪。

山河破碎尽入眼，鼠辈败类逐残孽。
当年领袖挥手间，一把汗水通天堑。

流落乡间

梦去不曾留凝眸，牢寂光阴原无故。
沉醉时间不因醉，泪眼未尽落魄路。

答陆老师谈民族歌舞之美

机传师信千里来，了性深斋动谄爱。
异域神舞塞边起，羌弦驱歌进关隘。
山壑旋飞北疆风，洞壁齐回胡笳哀。
昆仑赛曲增竹笛，瑶池新韵宴重开。

答学生复述元宵未约之情

佳节上元填新词，香灯汇望约此时。
岁殇独背往年情，不厌春风细揉思。

答陆浩老师赞《孙悟空》一节又作

心猿意马欺天庭，一棒横空锁太真。
五行山前炼魔性，八卦炉倒震乾坤。
南天门外排妖兵，西方路上护僧功。
斩怪灭迹除异军，祈庙跪佛变神通。
六耳类胞征先愿，谁信相煎独得真。

墅梦欠月

曾获高楼夜梦稀，凭窗探月上云梯。
性依空屏意启轩，玄曲传文侵俗俚。
百昼青纱舞彩舆，半图壁影入天低。
笔弹珠帘诘醉姿，为伊缓宽碧霞衣。
仙娥妒死魂归宇，诗魔撰疯著开笄。
鬼句恋神师凡语，尘容征面惊仙姬。
避愁偷闲梦欠月，睡怨绵绵岁重疑。

至巴音为出书事·辛卯二月

二月春风寒绿柳，北雁温翅忆旧游。
被霜掠目审远鳞，假羽振项试云途。

档案馆逢同学何瑜霞·古二月十八日

邂觌学友喜欲狂，顿使心猿过九肠。
久别天涯红颜老，泪蒙神州话未长。

漫步巴音浩特

春出边塞恋情远，寻师问友应开颜。
千街香气绿遍染，驼城一韵漫辽原。

信慰同学

栽前生涯一段缘，三年光阴拼有闲。
青春远避人已瘦，信君身韵胜从前。

给学友吴金花二首

一

人生天伦乐无边，应付韶华庆千年。
知世光阴不厌老，红颜几番拼有闲。

二

岁月由来凭飞屏，少年光阴瞬息空。
当时红颜争非论，转眼叹今对楚魂。

邀张尚军同学赴《错韵集》首发仪式

兴趣盎然一骚扰，再烦友情聚涛声。
首发稗文无聊处，权当同窗谈笑中。

致女学友蒙古族宝花妹子

宝物向来万古珍，花色烂漫流年新。
同居福地紫气绕，学友情谊可一吟。

致何瑜霞·古历三月二十九日

霞友高格仍当年，谈笑扬眉冠从前。
智美生涯流芳足，情性溢德奈何天。

答师讯六首·古二月九日

一

令浅时乖东风软，香阵百里漫遮山。
果腹文章饥愧色，志趣空对乱云谈。

二

数年偷思才知音，不应聘签惜年少。
当初拾笔惭风流，一般佳绩天难老。

三

寒凝春华欲奋芳，蓑衣芒袖勿吝妆。
生息喧哗无境地，争鸣天时共怒放。

四

师读青文即兴至，捉笔叨令意若醪。
愚生暗祝心潮汇，千里和音墨为谋。

五

师传造山情润海，横显昆仑隅高空。
若共伟人毛泽东，万代千秋霓近虹。

六

黄金日光千年灿，彩供人生几曾揽。
若许春色差绿染，买尽天空万斤蓝。

因赠陆浩书，然每次总收到书资，喜也，愧也，更不知也。

乌合之作重如山，拙文岂用费心览。
不知命运谁掌管，赠书更比卖书难。

娘娘庙山西峰寺九级塔遇刘倩·零九年

浮屠九上触蓝天，聚仙宫中遇刘倩。
谈俗论句忘年会，遗笔落尘汇入篇。

得知陆老师为《错韵集》乌海行

东闯乌海荟玄苍，雅乔春讯贺兰芳。
吟鸿负史长城愿，雾喧山洞谢风光。

春节第一天·辛卯年

生涯有痕春复冬，良宵经年幻有境。
炮竹辉煌争空兕，桃风新景待佳音。

机信寄思乔澍声

良墨入磬记犹新，百炼文函紫云生。
莲台壁影豪光进，笔意庶心展画真。
原注：莲台形容措置起伏层层掘进的文风。

慰人·辛卯岁正月

岁临金卯情不了，青春渐逝红颜消。
人生而立共梦睡，光阴空白日月杳。

寒窑颂·壬辰春月

春讯造访应待难，冷壁孤釜空守寒。
生涯同德依自然，野草魂喉错斑斑。

清明雨

潇潇纤洒绝尘埃，败气腐味冲天衰。
敲窗击瓦胜说诉，咽泣吟哦低徘徊。
不忌激动清明沥，为涤心镜云暗来。
故国东风山谷藏，百雾苍苍幻界开。

巴音·辛卯清明

驱岁无稽情底悬，霾望深云赋愁暄。
春潮飞扬不绿柳，寒风漫欺日半翾。
清明倾君一腔爱，友评多虑费裁剪。
贺兰万仞高峰敛，心思解著逆绪天。

风袭韵错·辛卯初春西出

错韵后记话始长，寻源觅绩出故乡。
风惊沙尘贺兰阻，沐浴红日乌海酿。
欠借雷霆震新语，撕霞掠云入宏章。
陆远高桥春色鲜，靳歌天赋袭芬芳。

致学友李秀梅

岁月传速任飞频，光阴有意磨鬓影。
揉碎青春红颜老，白发偷生几回吟。
昨获芳信问思情，今怀愚念讯佳音。
愿君生涯中天好，远洲友人一尽心。

《错韵集》记后

力笔桃峰二月春，应待京门北国吟。
脱籍鸿思熬激虑，百泣文扉筑燕营。
原注：京门——文之坎。

待事巴音天冷・辛卯清明节

清明不司北国天，三月桃花虽展颜。
经春未识东风骚，魂植南圃了尘缘。

旅居南梁坡・戊子冬于巴音

雾蒸十里鸡村远，寒色半匹染世界。
一晨轻曦拦睡目，几处操歌入心田。

览史

鲛传泥笔惊出天，伏氏描方惧空悬。
仓颉寻结归神兽，白谬租真猎心猿。
姬昌好道偷炼狱，石猓刻壁记恩冤。
燧人玩火遭魔祭，钟鼎形象入史轩。

史诗精魂

得证诗词折笔功，轻涂少触欺古诵。
调上千年传神韵，显采润芝一代风。
九猗岭上飞全豹，百轶文菲惊訾唇。
穹练尽苍略不见，身手绝代愧遗痕。

《错韵集》自序（初拟）

错韵补错谁肯信，仄仄平平空穴风。
好句何必问仄平，妙语岂能被挟韵。

磨砺

欲海人生顼许深，游日揆眠竞晓更。
摘栗熬煎付苦辛，挪笔未改剥豆功。

剑舞曲

地久天长荒山老，人生如梦泪轻抛。
怀古疑恨挽回愁，寄语敬吟恋音少。
庸庸岁月餐朝夕，碌碌艰辛空操劳。
世事纷纷逐日逝，光阴频频违愿早。

图颂

清明上河图精裁，神咏鬼劝届人怀。
舍大存无村风秀，怜陌惜廓肩史载。
民邑永垂寻踪措，逐境心意出画埃。
藏笔纵使情扉尽，不名千古遗世态。

瞬逢

小语村东话甘辛，双泪蒙蒙暗遮吟。
道别离善自珍重，忆往昔梦幻留影。

任笑司农

七里风水一川平，北村共俗远鸡声。
牛郎背井负山盟，织女攻关向天庭。
哪吒致贤不闹海，红孩苦读入城经。
时势不偏麻婆怨，愚人痴蒙埋园景。

托语师情

集梦北国足境远，三千弱水渴饮解。
擒师执墨访踪舆，风尘揖携信有缘。
贺兰东屏藏卧龙，黄河西曲起涛烟。
文荟乌海溶麟迹，韵迁平仄别开苑。

玉兔仲秋·辛卯年

舞旋中秋夜高幕，廓散四野明月著。
星寰生辉尊玉兔，粲紫移微千年妒。

左旗凭吊贺兰二首·辛卯四月

一

贺兰知名山恨高，千嶂青屏嵯峣娆。
禳古终天藏宝囊，拘霞留夕入声涛。
西挟大漠东挽水，南控春色北拒巢。
流云年年争渡壑，光阴空与人半老。

二

愁日无聊吟贺兰，挤簇野树争烂漫。
含俗古今人未老，傲迹史册遗斑斑。
绿嶂峰烟开翠屏，函谷低回荡云风。
崖坠飞猱岩挂羚，摇干沉岚鬼排兵。
悬崖射出吞龙豹，天巢涌起升斗阵。
鹰攀绝岭狐失踪，鹤影掠光化疑重。
麝逃獐死松朝日，猿嗅虎啸晚霞眠。
景渍阅尽兜姆轩，童吟狼泣月满春。

情留北国

沙飞云动草原深，景传千古牧歌频。
贺兰傲石慰天残，箭塑功勋任吟咏。

拙笔争咏

学海未逐竞九流，百劫柔墨供争惆。
飘摇千里逃真迹，追袭前贤万古愁。
选性生涯据无奈，绝代拙计空留守。
撷风创仄情付俗，博愚欠庸傍天舟。

乌海慢

黄河北上汇天涯，折汛回瀚湾平沙。
漠烟千隐微微岸，孤渚半裸滚滚霞。
塞雁昼伏失眠恨，野骥梦饮越堑峡。
悲嘶秋风羸渡岁，鸣空辽原幸中华。

乌海魂

西沙飞奔贺兰东，乌海重雾骄红尘。
凡间梦回通天堑，平湖高峡月朦胧。

贫卷开读

拼却生涯搜神韵，千年耕传类遗风。
原始开创关无情，磨损鬓影贪恋魂。
由来史籍欠不得，孤舛独嗟创新痕。
鬼句解贫穷碎语，拙笔文作入秋声。

井蛙或忧

井深原渊不可测，知足知乐国有宠。
大腹便便缘槐封，腰金玉塑掩耳尊。
轻跃绿水称世界，欲玩鸟迹信无凭。
眉咒怒冠飞落时，难破井栏紫微重。

乡村雾色

雾入凡间幻千乡，穷谷深沟漫临访。
道路轮番改视野，物障瞬变假呈祥。
客贾乱出山凌道，儿女雾中唤爹娘。
诗人不分色远近，画笔错舞悔诽谤。

流年易水

一岁才又无情故，人间应少去年愁。
抹去三百六十日，山河解冻不解妒。
雪伏生机草萌丛，辇史展跎污汗牛。
止令东风摄痕过，梳断青丝难理柔。

野祭·辛卯清明巴音西坡

持旷零汀向边荒，清明野祭细雨滂。
洗泪涩目泊岸轻，疏袖多怨敬凄怆。
烛焚烟碎悼无凭，鬼泣寒食乞借香。
奠思古今捉困日，屠愿佑祥谢苍黄。

辛卯冬至

余冬看醒情可删，搁笔沉沉非烂漫。
艳日冲霄惜时稀，拙性蹉跎心扉宽。
怪鸟集聚灭村语，圣人早逝遗霓环。
缅怀自是痴面壁，曲意不厌等闲观。

雕虫光阴

赎珠买椟还凭愿，或许刻舟可求剑。
助窗虚风入帘贫，吹毛求疵得一便。

恼村

情老荒山独留守，笔至拙境写真愁。
半忆恋绪心不死，痴念百铸一春羞。
捉襟叹愤向天嗔，执拗擒私感怀旧。
稗语杞文应有时，村俗乡风几绿柳。

恼神

开天辟地鱼生我，寰球百炼涤太苍。
祝融驱火平世态，共工怒触全不周。
神农骑水尝百草，炎黄犁天织九州。
日出扶桑咸池乐，牛耕鼠窃鸡鸣黄。

黄河颂

4月7日去白云山，见千里黄河，烟波浩渺，巨浪滔滔的水没了，而河床干燥，两省人民过往于碾石小道。据人们谈论……地理失调，黄河水绝，一时伤心。

“黄河远上白云间”，顿失滔滔底朝天。
两面青山相对看，孤云一片万仞山。
孤云一片日边来，渴死泥鳅晒干石。
河水失流人欲流，亿沓钞票乌纱糊。
名曰开发大西北，实为掠夺大北西。
地皮不刮挖地心，“黄河女儿头发白”。
龙王无家阎王哭，地气喷火天气晴。
天下黄河羞不见，美酒牛奶满城泻。
龙门关闭鲤鱼死，李白不该坠江休。
百元大钞成磅至，亲切撒入富贵家。
黄河之水天上去，高上九霄不复返。
秦晋不再隔水望，万代环球改景观。
一川乱石争暴日，从此大禹灭功绩。
“若使奴家变心日，除非黄河水流干”。
织女不再爱牛郎，大车小轿金牌傍。
梁山伯与祝英台，离婚不及互诽谤。
雷峰塔倒仙迹灭，许宣应知见识浅。
万里长城永不倒，酒吧醉醒孟姜娘。
金钱美女赤臂至，亿万豪绅展胸图。
爱情之歌天上有，人间再难一回闻。

为舞台模特儿写真二首

一

来时娘胎去时非，自荐愿作雏泥傀。
人生何惧赤条条，陋形供尔细采写。

二

来时娘胎赤裸裸，世态炎凉多挂碍。
幸得一时现真我，金身玉体沐众眼。

改革开放举国醉，万里长城桌上起。
柔情软调佳人歌，狂喧豪饮官人家。

颂靖边城

改革盛世国泰安，开放春风先度关。
天街秀发紫气染，仙女遍地至人寰。
浓歌艳舞起百楼，百万富翁尽日欢。
人圣归佛无妖精，财神崛起千千万。

山河憔悴疮千孔，鼠辈豪夺尽贪馋。
挟权掳脂搜弱膏，仗势使暴欺贫寒。
苛人宣恶不浸淫，酷吏握诏逞威欢。
全民奋起匹夫责，挥钺扬鞭杀赃官。

小城镇祝酒歌行

乡居久亡迪斯声，经城才觉耳目新。
烹羊煮酒火锅店，罗汉美女杏花村。
大鸭大菜大甩卖，倾城倾国美人态。

商女莫知亡国恨，为君多唱祝酒歌。
画楼彩栋醉舞厅，酒村肉美不夜城。
一从开放宾国好，金屋从此不藏娇。
双耳酬之绿飞翠，柔丝飘拂都市风。
拂红拂黄拂洋形，香肩香股香丹唇。
红麝涂口绿染睛，白骨夫人竞风骚。
明眸皓齿白玉腰，嫩腹香腿争窈窕。
满街佳丽夸豪门，倾城姣娃幸老板。
红线绿珠挂宝铛，山珍海味信口尝。
冷饮蔬果洗脚水，豆腐冰棍马桶香。
朱门不理狗肉臭，街无寒夜冻死骨。
广厦千千万万间，有钱豪杰万万千。
九州霸主入都市，拖姬抱雅上高楼。
云端常挂裸裙舞，桑拿酒吧优伶手。
的士豪霸天籁声，公馆别墅野鸡吟。
公子王孙不摇扇，阔男士女满街悠。
老板前门唱豪富，小姐内室攀权贵。
千沓圣旨作便币，一朝开放有趁机。
转农转工新潮来，村村野花向城开。
倾心倾意事贵权，男女老少尽开颜。
朝起赤帝彩云间，暮归扶施香语间。
促销促费金世界，挖东挖西挖地底。
油输四万八千国，煤供全球万里邦。
亿亩靓楼万般筑，汽海桑田一统粜。
阎君有宝尽情掘，龙王岂敢不拿粮。
行路之难有何难，金玉铺道上云端。
车轮滚滚乾坤转，万冥九霄一日还。
细犬美姬都灿烂，达官贵族更烂灿。
洒艳流娇芙蓉国，挂香披彩富贵邦。
酒溢五湖醉三界，香薰灵霄忘初衷。

李白不知今日酒，劝他改编千首诗。
金樽宝马配彩铃，碧玉三首美人歌。
左搀右嘤摇滚脆，看你酒仙醉不醉。
原注：扶施——延安旧称。

看戏舞

幕开彩屏千日怀，香绕雾起疑鬼来。
忽闻一声霹雳音，五行皆作琵琶行。
八音共奏惊天曲，牛鬼吠声彼起伏。
狂腿怪爪闪光灯，魔影幻形魍魉音。
魅魑魒魈舞台浅，转眼云散又晴天。
观众定目台下观，老人低眉小儿嬉。
赤膊壮士蛮婆脐，双乳樱樱脸轻依。
举腿不露痕色稀，环腰捋臀腹搅胫。
三呼四嚣万马喑，此嬉又换年轻人。
劝君展眉多赏心，各尽心思歌一曲。
农奴不识身世苦，挥汗高歌信天游。

狼年远逝龙年茶，不及甘雨孤村舞。
春色萧萧夜不停，空叫伤怀弄永昼。

索句腾格里边茫

黄沙如海绵绵浪，恒波尽目向天壤。
抠日归西托萧雾，北抚雁翅旱情酿。
漠诉白云着远陆，道遮关山衡入疆。
痴人涉足移滋梦，逛奥深恋念边长。

除夕

辟地开天创世奇，尘烟茫茫东入西。
痴怨千钧拯生机，含嗔一懦倾凡疑。
轻出易水能改辙，神书堪使卜龟迹。
解岁人生全除夕，释念凡思称心翼。

悯农

群萃乔怀世纪改，方边诗幕畅意开。
国人唯信史册岁，农庄仓丰贮文采。

致乔老师退休耕书

怀书客籍朝北陲，置奋拥闲累芝约。
山分东西贺兰著，德附古今一重愿。
学海虹桥青云路，百树流芳幸生泉。
师迹不灭万代秋，贤士惜情吟有缘。

丽人行·辛卯春于左旗

阿旗丽人不惧冷，春寒料峭衣短裙。
跟鞋敲吟翠微路，丝袜浅遮生神韵。
修身明项软扶影，揉乔倩妆润街景。
腆臀挺乳唇染红，吐脐露腰涮沙风。
发挽彩蝶耳垂铜，眼含秋波沐游人。
经风经吹俭桑麻，知晴知阴富边城。
敢问天下寒士心，拢酸袖涩愧无凭。
诗人贪馋打油烹，餐色可慨秀色真。

娘娘庙山降香·零九年四月初八

绪云悠悠旷日长，娘娘庙山俗上香。
侧无伴侣论惆怅，胸有怀抱愿一腔。
似梦杳杳何处寻，天路茫茫踏级上。
浮屠高耸九霄烟，游魂漫向斗府访。
仙捧笑靥碧空静，神持宝杵幻界藏。
闻报许及千秋恨，仰泪极目雁翅狂。
知己痛触平凡心，酷思良岁入羸亡。
揖信天国斗姆志，排魁摘宿应莫忘。

寄友人二首

一

谢盟百里借佳音，感泣如励愿深存。
且宽胸襟悲歌行，昆山凭雕塑真情。

二

岁月平凡百事休，生涯无悔惹烦忧。
唯幸经历多风雨，何必倾仰达人秀。

给塞外同学·辛卯至左旗

陪坐当年曾相伴，寒窗罄闭各分散。
忽从中土来边关，思会友情歌天籁。

议贺知章《咏柳》

生机无限自然功，柳逢春醒竞妖娆。
翠垂绿摇真情树，不羡玉妆刀裁剪。

吟柳再议贺知章·壬辰春

创机如斯万物好，春到绿柳自妖娆。
风光本是天生就，何用玉妆刀裁剪。

沙漠王酒店前等候陆老师

卖书未敢轻作为，踏遍倾城汗摔碎。
意谒师面话心扉，沙漠王酒店前醉。

天作和谐灭村学，乡野万里应无冤。
替泪负沉入城隶，豪吏捧腹凌云轩。

为儿求学作万难，背井离乡入城关。
拾遗拾恨拾破烂，街灯辉煌沐阑珊。

师慰

卖书勤著狂汗舞，不识错恋几回途。
忍桀斯文凭人笑，师慰才敢泪轻抚。

卖书

世人可形亦可俑，生涯有共书价匀。
半折摧眉半扬眉，南街亵渎北巷吟。

阿盟吟

魂舍北国幸天涯，驼城匿名悔自夸。
羞作逐鹿雕虫技，知命年华愧无家。

复信学友王月彪

千里忽传学友情，顿使弥念泪倾盆。
当年微微知世少，生涯今朝更思君。

致左旗水保局李方站长

百年树木千古风，桃李有蹊知书深。
高德尚美惜时势，同代思识共渊诚。

临窗秋思

疑问九州满绪烟，秋风乍低声和谐。
绵绵长云愁不散，潇潇暮雨歇还滴。

秋更深

更枕小雨聚梦深，窗前叶下歇飘魂。
凄沥淋汀归无处，愿尔掀帘入朦胧。

醒更愁

西窗射月惊晨梦，晓风瑟瑟搜神韵。
心田一掬痴人仪，知帘已存半帘咏。

前贤诔

吊迹千古恋影昶，情赊百岁汇远忙。
传诵斐歌倾神曲，慨读昧咏典文档。

仿民歌

夕阳潇潇照九州，谁家欢乐谁家愁。
谁家有钱乐悠悠，谁家先贫暗低头。

白胜调

赤日炎炎似火烧，俗人心境半枯焦。
丰田宝马王孙楼，谁家欢乐谁家愁。

谢赵闻清老师序

神依北国师情长，毕羡恭诲信有芳。
勤风高格仰目看，泥首顿景敬永昶。

剑慢曲

人生如梦逝百年，愧情岁月惹无限。
剑气裂霄知世少，相思绺绺莫断切。
白光揉心青丝稀，别去春华有红颜。
苍天再雨霓虹愿，夺云掠恨问从前！

寄语同学五首

一

别时依依曾祝慰，情分东西总易记。
二十三年弹指过，故地重游泪披眉。

二

学友信问备真诚，客趋边塞感慨深。
当年惜别崇赠语，时过境迁忆朦胧。

三

一别青春飞鬓霜，漫夸生涯有流芳。
当年自信天无死，不疑今朝懒时光。

四

韶华寸别年轮深，应笑鬓边飞白影。
遥想烂漫德行时，几阵青春费无凭。

五

我来有不了之情，淹留于沙漠边城。
待时间正临春浓，念同学多少思魂。

改词

偶怨临换秦娥碑，重拟香魂赐名讳。
千古斯人若接泣，应感词牌生光辉。

读汉书人物序

史读千古一热泪，斯人溉忠情自羸。
始信润芝举神州，山河万代东流水。

原注：润芝即毛泽东。羸即负担、控制，形容无法解释、辩解。

驼城同学

当年曾共寒窗语，一别音容光阴序。
三十九年集千念，机信萦屏倾心叙。

知青逢驼城

二十六年忽聊形，书山别径小重逢。
翘思约信依旧缘，乃日珍嘱如回醇。

驼城客韵

鸟声贻误春去早，奈数岁月花已老。
孤客鸿景边城风，轻吟年轮悔发少。

感恩

聚金无戚义有名，贤士高情继遗风。
长歌应吟青史标，姓字典籍入圣咏。

答人看命要诀

命运从来托无凭，天注生死沦红尘。
逆顺皆因向背征，起落只缘气数定。
入格合时关局限，依坐动静统盘论。
富贵贫贱等闲视，怜世入俗方真人。

读志有感

呈文人生认亏缺，背负遗愿走天弦。
穷志无问默默泪，得岁频章啸意喧。
同笔异书豪情别，共世殊途秉性璇。
占利占势纨绔苑，真墨真迹寒士权。

春节日

还借光阴宽胸怀，爆竹烟花笑人衰。
红尘名利次飞逝，浮云蔽日泪洗哀。
桃符繁更岁已旧，暑寒容易红颜改。
入傲接耻几乘时，百孕盈盈举凡胎。

春日细风三首

一

春柳厌摇绿柔长，燕翅经年忆归航。
故巢新暖肯遗忘，异乡风光恋影长。

二

春嫩风软旭日柔，北国怜时依重雾。
平沙落雁回壮唳，戈壁幸酷颂羊牛。

三

春风浅拂塞外柳，拖柔牵拙任漂流。
形容欺世不和谐，韵错独携断魂游。

形容有愧

才从世纪经沧桑，眨眼冠丐乞匆忙。
勤咤时势无比拟，壮怀少依敢为芒。
力愤遗代存亡虑，命遣异途愿呈祥。
夺令人生抛热泪，肯捧真诚答上苍。

奠先烈魂二首

一

先烈辉光跃天台，揩泪悲歌倾国怀。
碧血恸荡蓝云静，青烟一炷九霄外。

二

爱国热泪飞天雨，无数英灵上太虚。
国际悲歌风云载，丹心轻慰史册语。

劝风尘

文采虽欠巾帼秀，已露笔芒悼胸柔。
劝君天涯莫沦落，半生风尘让东流。

三圣母

出神入圣香烟受，曾违天命显爱由。
莲台浮云遮不住，真情美溉红尘路。
膏骨玉颜凡心著，万古千秋俗子谋。
梦幻身色岁月趋，朝拜只许跪泥塑。

封神三霄［娘娘］

当年封神巾帼怒，红颜有恨恸神州。
今供功绩民瞻拜，愚人拈香诗为酬。

原注：西峰寺娘娘庙供奉九天玄女、观音菩萨、三圣母娘娘，又称三霄娘娘。

国门天阙

勤问京阙扮千年，人世沧桑任变迁。
华国威誉天安门。紫禁红楼青云连。
南海调水锁鳄龙，北窟驱火摄木莲。
凝真聚宝炎黄愿，抚贫掠气世纪念。

姬界村考周武洞及真武大帝

周武洞天真武魂，姬姓门连上古风。
千年稽考寻边证，一代遗情疑听闻。

感慨书启无暇·壬辰夏

昨泣孤贫曾试咏，几度思魂望云空。
病龙不堪施雨计，春吟夏叹感何穷。
问书卜经征往事，得歌听谒不解窘。
揩昧吻辛甘苦尽，弹句括平揽错韵。

别

意日沉沉年关近，几度凝望几凝颦。
夕阳川边闲慰语，一阵北风吹碎吟。

娘娘节朝观自在菩萨

观音大士正气高，五行山上显英豪。
慈悲为怀通世态，救苦神通不厌劳。
东土一行善恶报，施还修真大神揉。
霓虹三界南海升，莲台紫云聚天曹。

归类

穷吟百集恋人叙，良愿清赏无理句。
红尘有幸存思绪，命运如何愁相趋。

回韵姬翠翠解叹

见字犹如君影还，屈指几度思自然。
情向天涯祈愿想，人生无悔谁为叹！

兔夏

夏历吟风愁无缘，柳替花老离恨天。
长拽光阴忙客逝，浅意残磨损鬓玄。
昨承期盼奋心神，今抱沉愧断肠边。
尽问世间红尘梦，泪飞水流莫洗冤。

答阿盟作家马英

雁翅翔云北国天，诗韵漫游青城远。
英雄挎风傲娇姿，马啸千里幸友缘。

答友人

茫茫南海祷慈航，紫竹迷悟问参图。
一线灵光激顽愚，半生浮游落穷途。

练句

疏雨沥沥天色暮，物尽人非先贤妒。
世间日日论风下，凡尘代代步差误。
文承国运名俱策，韵依上苍达略谋。
逐臭攀骚云何律，严己宽人高风沽。
标榜挥誉得意笔，掩耳盗铃大钞舞。
弹歌正当年复年，和谐声声哭难谱。

诗踪二首

一

潦倒光阴陪旧绪，形容无愧流年远。
觉醒世纪悔前怨，树人莫厌心情浅。
拖愁说愤听邪诉，射月当共日争先。
一思新泉匀入怀，生涯面面早备冤。

二

奋词寻韵忆天壤，牵强附会戏彷徨。
诗神不在猎鬼句，擒魔入笔兑冤酿。
睡吏迁令问失眠，咏曹违例炼新章。
措语未防肝肠乱，籴泪文斗心半创。

史憾

曾经幻界石头记，脂砚拜笔评史选。
促墨收泪写空愿，碎梦裂肠悼旧念。
任从荒唐呕血尽，倾著辛酸慰痴恋。
九重天上离恨歌，人间半疑鬼神眷。

也掘诗墓

斯世缘由终不灭，接尘纳垢奈何天。
古人既练神笔绘，我愿当率愚墨派。
千秋俗句叹开头，万般痴念疑人家。
前辈深意谁高葬，圣贤美德几回扬。
风情关格暂不见，惊世骇俗难掩埋。
诗死诗逝诗无奈，诗败诗怨诗感慨。
诗韵破碎一片片，诗欲出土无人怜。
曾捧诗意访诗魂，也抱诗情觅诗痕。
旧痕依旧壮天台，新疑篇篇落尘埃。
诗风千年飙心翼，诗句自古禀心念。
但愿重修古遗风，人文从此知荣辱。

庸人演义

世事茫茫终有论，奋卵击石全神功。
创庸建俗文笔罪，颂冤歌羞性柔萌。

寄友

鸿泪千里又秋尽，落英缤纷辽廓村。
遍访遗梦祭魔影，任它鸡犬和谐声。
（2010 年 10 月 9 日陆浩收马和明寄枣一包内附诗条）

复信

鸿唳悲秋又经村，访遍旧景梦难审。
落英缤纷饰街亭，已无鸡犬和谐声。

嵩山少林题

一棍夺旨横空立，学成少林出嵩山。
三百罗汉拯世界，七千诸佛进西天。

太虚青梗迷蒙重，离恨幻界几留魂。
苦绛珠作消愁泪，更使顽石默沉沉。

与陆浩

同历天涯碎磨蹄，雾障风环鬓丝飞。
协力奋发天路险，曙光在前山巍巍。

张玉娘

三月江南绿正肥，阴阴深院燕初归。
乱衔飞絮营新垒，闲逐花香避绣帏。
却笑秋风红楼在，独怜旧事玉京非。
兰闺终日流香泪，愧尔双飞拂落晖。

魏仲恭

枝在墙东花在西，自从落地任风吹。
枝无花时还在发，花若离枝难上枝。

信女学友孟玲·慰学友

听信不由泪倾盆，千里悬念思离魂。
欲噙真怒忿永怅，人生岂应恨染重。

一银行企业家**以钱铸书**，洋洋洒洒写了很多，并贵其名为律绝，信手翻开 182 页，即《16·绍兴兰亭》：

纪念书法唯此尊，群贤雅士墨情深。
流觞饮赋留精品，圣典因之固本根。

挺有趣，遂玩付其后曰：

啃草应记留齿痕，绒毛可贵织麻锦。
角质下水余肠便，繁衍成群生蛆虫。

柳知春时树情高，妆扮年华绿飞绦。
生涯莫画细叶出，自然风色控神刀。

触柱补天应有时，买笑称狂会（济）施。
觅悻存疑铸情怀，（问鼎人生痴命奇。）

三川口瘦马·辛巳年冬己亥月［2001 年］

入群何曾厌磨蹄，满面春风十日闲。
未得一识知瘦影，留取形容笑千秋。

收陆浩《望山》二首后作·十一月二十六日

学识自知有浅深，形容哪堪不如意。
文章笔气类父训，胸怀斗意尊师传。
重才爱艺格昶鉴，惜字怜文风骨永。

原注：斗代表周天列宿斗俯，俯指包括您及古今前贤的文风秉性；师传，亦是承传你们的敬墨美德。

作文不老惊天笔，猎毫执哮轻世态。
新春万户烹笑语，故居三冬封紫烟。
试挽友臂路千里，重谢神女关山愿。
岁月随时日西流，生涯着意境界远。

蓝天高秋飞白云，愁绪丝丝入朦胧。
四面青山莲翠屏，绿水盈盈照我心。

赠佛生

经朝百卷坐山门，闭目再不问功名。
三千世界合掌净，五方天地一诵咏。

期末随感

倏然光阴急匆匆，师生相惜知几重。
日尽山河笑颜足，夜揽星月愁丝长。
新冬已觉岁意寒，流年不管青春少。
欲来深山访妖精，天涯孤侣亦无情。

雪重吟

吏卒笑吟得宠赋，贫民泪歌黑暗天。
飞飞扬扬壮世界，潇潇洒洒向人间。

三上姬界村

旧陌环回湿雨新，信步来去慰轻尘。
四山叠峦连绵障，一意孤行断疑魂。
远坡桃杏轻纱掩，近崖坎坷嫩叶稀。
忽然一阵寒风至，千树悲哀百草萋。
顿时红日共鸟飞，顷刻山色陪云暗。
满天阴霾失艳色，失意男儿行路难。
回首未免多寂寞，前路茫茫少知音。
春鸟不知何处吟，壑深沟远不厌闻。
昨晚抱梦月共明，却听几番悲歌声。
歌停歌怨几弄静，魂来魂去抠睡痕。
无情男儿恼春早，多心栀子共春老。
前路曲尽多梦遗，回首慰侬失意影。
步步留醉道路急，形形离影略山形。
多少哭醉风色著，几处吹草传佳音。
人歌已去知天泪，鬼唱年华谁持成。
庙内诸神抿睡眼，山前优婆唱三天。
村村匆匆人如蚁，是是非非共徘徊。
观尽山中无限景，不解山中陶醉人。

开陆浩老师八字赠诗

天性沐浴桃花水，命坐华盖惊紫微。
伤官到底公卿妒，一身俭洁照青辉。

霞飞彩云天·蒙古族同学何瑜霞

惜慰曾忆同窗缘，愿识身手诲从前。
智美生涯留芳足，俗性庸德奈何天。

质疑唐诗人贺知章

古代才稀少贤良，寻诗未考费夸张。
今朝庸人细一想，敢笑时世不知章。

校稿

擒魔入句炼笔芒，猎语润章显诗魁。
措词不惜肝吟碎，帔霞文斗入帘辉。

赞蜂

背旨缥缈天下游，寻香觅芳用深情。
纷纷载功显本色，历尽艰辛留芳名。

（注：2011 年夏马和明来到挚友李生科的蜂场，李要求赠诗一首，马欣然命笔）

赠清兰小妹

性格温柔名高洁，志贯文墨应有节。
不妆粉墨涉书海，欲与日月争华年。

雪白千里素气重，羁鸟离枝底树稀。
莫道飞絮压山平，日出壮观天地奇。

忽讯佳音妙如来，合什揖天谓心怀。
千锦绣文舒愧色，但愿阴霾玄方开。

——2011 年 1 月 19 日

长梦依稀咒逝年，时遇境迁鬓偷白。
江山不改人易瘦，国旗空飞乱天阙。

——2011 年 1 月 19 日

北上乌海荟玄苍，雅乔春讯贺兰芳。
吟鸿负史长城愿，雾暄山洞谢风光。
——2011 年 1 月 27 日

原注：长城、山洞，是指长城内外、高山窑洞。

本应忍泣信仰阁，子持春萌入境阑。
争斗当作玩笙笔，可许天路携摇篮。
——2011 年 1 月 30 日

原注：“斗”为三声，指文斗，量用之斗，而非斗争之斗。

迎春知暖过贺兰，东风着意渡关山。
长冬藏雪云眠白，高梧参天乘霄汉。
——2011 年 1 月 30 日

岁首当歌情如涛，人生何故欢乐少！
搬指旧事依逝梦，问旨前程几百韬！
——2011 年 2 月 3 日

旧岁如斯人歌老，千年古语论到今。
含迹生涯着墨少，几度春风燕归吟。
——2011 年 2 月 3 日

无字天书塞外传，可知汝心似波澜。
千里讯问为一盼，情意熬得如此烂。
——2011 年 2 月 4 日

虎兔相逢底情问

接旨当思情共依，鬓丝蒙愧累远疑。
巫霞神云托梦至，洛水贝叶献吉揖。
斟斗北疆耀京门，溺水盗楫抹浣溪。
捧荷聚匿化褐袂，赋惘付慵捐魂痍。
——2011 年 2 月 6 日

弼日无期用苦心，人歌年华献真情。
遁甲逐岁空回首，荆山失玉泪千顷。
——2011 年 2 月 8 日

凡心不安文笔传，浅课无碑柄斗寒。
摘功灭性指柒染，哭世欺故问芝兰。
——2011 年 2 月 9 日

原注：柒，指艰辛如柒。

远接鸿信子夜吟，搜肠诘字觅句稳。
三星明射当天碧，寻梦会师致疚愧！
——2011 年 2 月 9 日

夜深空蒙孤照洞，信息聊天赋鬼魂。
人间美梦谁独抱，醉使千家酣睡中。
——2011 年 2 月 9 日

答陆老师赞蒙古族歌舞·辛卯二月初四

缘梦人生睡入境，千年托辞历秉性。
斗笔炼情波澜回，断艺裁文磨墨新。
异族风情恸君慨，洛神诗赋涤知音。
愿掬佳颂共书盟，可陪枕藉睡里吟。
——2011 年 2 月 10 日

忽传师信千里来，聊斋深处独爱戴。
异域神歌塞边起，触魂羌舞进关隘。
山鏊同旋九嶷风，洞穴齐迴胡笳哀。
昆仑赛曲赠竹笛，瑶池育韵调新改。
——2011 年 2 月 10 日

忽听塞外传妙声，知是佳信或佳音？
夜沉星灿相思烂，期待心愿如潮汛。
——2011 年 2 月 11 日

镇日无闲

天际流云昔日岿，控念别望逐目飞。
绿染山河鸿谱翠，春讯有期韵不悔。
——2011 年 2 月 21 日

释忿

夕阳空连碧霞天，东君造化含春疑。
裁剪韶华无饰地，穷怀诗绪趋嫩依。
—— 2011 年 2 月 22 日

佛会谯

烟花惊飞佛空散，纸竹香马焚青灰。
神文鬼唱起咒曲，觅愿图功厮争魁。
盛签摇撼斗姆屐，斟巫慰祭集群鬼。
四乡幽灵聚坛会，八镇法旗偃风雷。
——2011 年 2 月 23 日

喜读师亲即兴至，文便情切意若醪。
愚生衷心祝愿深，千里和音思袅袅。
——2011 年 2 月 23 日

文萌乌海生翠屏，雁落平漠寒云低。
百怨凄草盼绿浸，还欠东风化春疑？
——2011 年 2 月 24 日

忽闻喜讯泪盈容，天际不亏撼斯文。
雁书鸿传频引到，数年素情筑诗坟。
——2011 年 2 月 28 日

师恩如山情润海，横视昆仑禺高坤。
若得环球惊险境，国人最信毛泽东。
——2011 年 2 月 28 日

答师讯

德育人杰感天高，许借女娲炼石刀。
沉拾今日佳信贵，顿倾师魂泪如滔。
——2011 年 2 月 28 日

情倩高格史德色，千古有遗传承稀。
子女自应拥天爱，共同时势颂伦理。
——2011 年 3 月 3 日

权威向来显高路，无奈我辈德色后。
泠雨不及时应稀，莫非惊梦似红楼？
——2011 年 3 月 7 日

叹权

权术至古难攀比，无数前贤遭玩戏。
君尽力图墨无亏，一梦岂可入境迷！
——2011 年 3 月 7 日

浩歌碑首

师情树人百年长，万绿千秋垂永香。
一生风雨自俭妆，文结高格欠流芳。
——2011 年 4 月 2 日

感陋文成集

彼时能耐败俗听，岂忆拙境孕佳吟。
诗文未悔书山远，贻误入集骄笔锋。
——2011 年 4 月 2 日

步过巴音玉桥小道·古历辛卯二月三十日

揉笔舞泣赋春萌，边城跋涉借诗凭。
手足同措堪比拟，一路风色慰思贫。
——2011 年 4 月 2 日

妙句忽接喜空前，停箸作伐置语编。
好诗自是心脂炼，生出骄翅翔蓝天。
——2011 年 4 月 3 日

去陆老师家行至巴音东关玉桥·辛卯古历三月初二

杏花开来应三月，偏忍寒食东风斜。
造化阴阳略地气，关情风云几停歇。
柳桥醉韵凭枝依，形容落拓吟迁延。
燕影不惜知时节，人天共读司流年。
——2011 年 4 月 4 日

寒食羁居巴音·辛卯年

含欲望清明日远，北域依旧无绿缘。
珍宝惊喧驼乡梦，奇石称独城塞边。
士女披挂斗寒气，商苑繁华丽人天。
芳草萌深思不见，云封贺兰春色远。

——2011 年 4 月 4 日

客居巴音南梁坡·辛卯清明

日顾清明长空霾，但待东风重解塞。
镇南村庄柳不醒，江湖余人类无奈。
等同生涯四海异，一般光阴天地泰。
情系诗域不足诵，怀抱羞涩歉意外！

——2011 年 4 月 5 日

叹图

清明上河捐天外，神情鬼愿届人怀。
红尘错落村风秀，造化不朽肩史载。
关邑民色图踪曲，逐寥心田入境埃。
藏笔纵使后悔多，垂墨千古观世态。

——2011 年 4 月 5 日

野祭

洗目丁零泣苍黄，纸烛烟云四野蒙。
立世辛酸人迹稀，捉恨输泪为思魂。
落魄无岸悼不尽，疏袖多哀至余衷。
致奠古今亡灵日，生涯清贫佑真诚。

——2011 年 4 月 5 日

潇潇纤洒绝地哀，洗浴天堂腐败埃。
敲窗击瓦唳悲情，咽泣吟语低徘徊。
不因激动清明沥，却为涤梦云暗来。
故国东风山谷藏，百雾苍苍幻重开。
——2011 年 4 月 5 日

数日无信底情悬，涩望长霾赋余闲。
春潮飞扬不绿柳，寒风时欺云太旋。
清明倾君一腔愤，友人深虑诗千遍。
贺兰万仞高峰敛，心思眷著拟绪解。
——2011 年 4 月 8 日

巴音游二首

一

泪分九嶷看世界，边城春色逊从前。
车水马龙寒彻域，古道西风散人缘。
不幸民俗天国易，足境冷暖阳关远。
储梦年华贪念多，愿许生涯存新恋。

二

香街轻拂和谐风，玉桥争道千轮顷。
绿水栏外情携好，柳岸深处莺语频。
古塞三月不飞花，寒云山下冬半晴。
二十四时输云恨，一任沧桑送行人。
——2011 年 4 月 8 日

北国春·辛卯春巴音待事·功课作一

预日频愿索思昧，足痴足愚悼笔疑。
神引鬼序布谷歌，呕心镌文情俗移。
托旨哀毫追往事，酹墨拭泪封童溪。
北翔风霜泥足翅，大漠边城眷依稀。

——2011 年 4 月 11 日

北国吟

习哲欲尽春秋力，真情德援毫壤间。
摘性揉指人生谣，婴歌入愿逐地天。

——2011 年 4 月 13 日

偃息听宣即进谒，小桥信步思回言。
唯宜入耳巧句错，再话桑麻重开轩。

——2011 年 4 月 15 日

意味贺兰山

风出山谷天入海，飞沙助狂春色哀。
四州迷雾图无迹，九玄苍冥劝云开。
日怒上冲飞鸿境，匹霞依锦紫垣衰。
碧宇高空止莲步，杨柳枝摇佛自在。

——2011 年 4 月 19 日

巴音春寒·辛卯古历三月十九日

行人匆匆何所似，半壁春光已撕破。
芳气袭人因冷锁，天台空有祈愧俏。

——2011 年 4 月 21 日

心镜

自思光阴不可歇，入笔判吟句未全。
摘尽春色能润目，千秋文章便不冤。

——2011 年 4 月 23 日

知遇一生雾云重，情著北国大漠魂。
严导慈怜关心地，天表姓字感乾坤。

——2011 年 4 月 25 日

尊师风采入世稀，天涯学子敢低眉。
戈壁弱水一解饮，无悔人生咏三昧。
原注：“三昧”即愚昧、蒙昧、冒昧。

——2011 年 4 月 25 日

巴音之春二首·古辛卯三月二十三日

一

晨怒春迟勒日回，客途茫茫路不疑。
九州重雾迷云迹，十方风色来天地。

二

弱风飓吹狂不止，逆动层来掀鬓衣。
高楼遥看零丁雨，天际归飞鸿影稀。

——2011 年 4 月 25 日

偶咏拒怨秦娥碑，重拟香魂送名讳。
千古斯人若接泣，顿使文字生光辉。

——2011 年 4 月 27 日

致贺兰山

纳风拒云控北疆，雄峙大漠憾玄苍。
扼日挽霞藏云雾，芳浸千年射雕蟒。
——2011 年 5 月 13 日

朝九天玄女·四月八日

九天高云路几许，碧霞轻掩紫微墟。
深居霄雾济寰宇，仙步茫茫踪何处？
——2011 年 5 月 14 日

念竹

竹本比栉自高廉，临风射月逐天年。
披靡婆娑志坚矗，节外虽曲还有节。
——2011 年 5 月 22 日

与陆浩说伟人毛泽东

国民生涯数十年，天翻地覆几变迁。
润芝略读横云志，功绩千秋化红莲。
—— 2011 年 5 月 23 日

答陆浩讯问

瞰睇千里一霾空，国粹有幸感知音。
小城举目衣袖浅，手足频济泪倾盆。
——2011 年 5 月 26 日

巴音恋歌·古辛卯四月

闲云悠悠小满天，物换斗移几变迁。
出塞和风弱拂柳，危楼绝尘连天阙。
小城遗俗怜古道，孤客远谒信痴缘。
提吟织愿弥珍梦，穷蠡未足果腹恋。

——2011 年 5 月 26 日

感书付梓出印·巴音

才幸天国世不弃，玩笔非时亵玄机。
缘传文笔擒词兑，佛章痴意恸真谛。
未精长吉摘句弄，首丘润芝墨拘奇。
书出洛水惊尘俗，运旨华盖入群稀。

——2011 年 5 月 27 日

阿盟东涝坝观景·农历辛卯年癸巳月二十五日

昨日池清不照人，故地重游问浮萍。
绿影自是连云载，曲径回疏荒无凭。

——2011 年 5 月 27 日

书成忘我时·五月初三

建鼎不肯膝冗沉，力尽孤标傲脊新。
弄墨莫洒无悔泪，选梦敢付一般吟。
欠智博愚轻格调，举棋雕虫笔未精。
孑文彼知谄骨少，沐浴边城争斗名。

—— 2011 年 6 月 6 日

祟斯文

择情惜寐贯虚风，掮月荷日卖斯文。
千街碎踏柏油道，足境万楼羞遗痕。
诸神有灵寂不语，山人无奈折腰功。
得签供燃天地泰，庙门少锁白云封。
——2011年6月6日

载笔咏歌

连载文笔下第穷，绪人多寥差素诚。
痴命精魂弃愚愤，拙入智化炼凡尘。
——2011年6月6日

今日未出动（卖书）

端阳憧憧嘉气高，百姓陶陶乐正好。
如若失趣打搅去，定然会落一身骚。
——2011年6月6日

《错韵集》后记归魂

拙文面世临春光，欠意耿耿旭日长。
当时初涉桃花水，师生情谊寂永乡。
生涯不寐揽贬谤，幸逢手足助擎苍。
拿云捉羽闪看翅，经验导航奋鬓霜。
攀天斫桂绝孔暝，星河高桥画魁良。
梯人执凭轻楫舟，洗珠濯玉灿豪光。
丝弦竹码响青频，浩气悲歌耀辉煌。
文清海内助新酿，余音特曲壮锦襄。
陆邑年华春正好，踏征负梓汗史长。
聚风紫气祝明宇，书山新碑沐野香。

嬴使天台连云慰，迷语醒言半呈芒。
如恨传曲写尘封，高筑秋坟聚疯狂。
——2011 年 6 月 13 日

糊涂著书狂汗舞，不识前路几错径。
忍卖斯文任人笑，师评才敢倾泪吟！
——2011 年 6 月 17 日

人情有形可作俑，书狂无悔任标价。
半司摧眉半扬眉，南街亵渎北巷夸。
——2011 年 6 月 18 日

乔老

秋讯鸿慰上苑风，几树高枝描凤影。
观笔慨泣原有情，天降璋雷拯愚人。
——2011 年 10 月 8 日请转乔老信中附诗

寒露节·付友

知音一脉声千里，溉语涓涓谱心田。
识意怜情生涯足，江山万里默无言。
——2011 年 10 月 22 日致陆浩信中附诗

答老师励情

……没有老师在身边艰苦工作的努力，是多么的不幸。
笔温未降提斗痕，着墨宣性憾斯文。
陆野奋骑猎神猊，寸屏措辞祝爱重。
——2011 年 12 月 3 日

往年红枣寄恩师，秋尽出师西北方。
惊入驼城写亲情，醉归大街路南巷。

——2011 年 12 月 7 日

千里无理话桑麻，三十二年知生涯。
红枣出征再西行，沙漠王边去安家。

——2011 年 12 月 7 日

叹笔

擒旨捉文经师历，弩笔鉴诚征平仄。
醒联若梦吝啬语，墨意涂情肯依册。

——2011 年 12 月 21 日

年年冬寒送岁终，人生为何欢乐少。
世上日子大家过，谁家幸福谁家愁。

——2011 年 12 月 26 日

闻琴圆姻致意

绣女应是巾帼策，原来苍天存高德。
虽经世纪负苦多，终成有情好眷属！

—— 2012 年 2 月 29 日

才陷春风慰无凭，逝书痴著空有痕。
师影千里增牵挂，易水有出庆生逢！

——2012 年 3 月 15 日

忆昔

岁飞魔影离恨忙，托愿慰情两茫茫。
不舍去年拘魂梦，回忆往昔话风长。

——2012 年 6 月 22 日

绪[illegible]

长夏风流年华斐，地南天北幸思维。
红尘千里远寂寞，丽语重温敬师妹。

——2012 年 7 月 2 日

三赋余韵

一赋血泣怜异章，催泪审叹怒情扬。
二赋触笔脂砚香，缩肺收肠念时光。
百韵齐芳三赋畅，寄托寄望寄风光。
以一变百醒世界，认时认韵辩文长。

——2012 年 8 月 20 日

致姬爱爱娃

人生彷徨路坎坷，羁鸟长夜梦无依。
青春美酒浇花醉，放飞心翅画蛾眉。

答学生来讯·正月二十

几接珍信未回复，新春渐迁渐入愧。
枉作人师知世少，生涯谁重流年悔。

为姬爱爱加入文艺歌唱团

聚红恋艺歌喉频，家居深山摧眉深。
禾谷新秋粪牛尾，强颜敛泪入学庭。

答送考生

送你一句解迷茫，回首少年百味长。
灵性终究不可失，莘莘学子何悲伤？

答姬萌

生涯有幸百味谈，知长知短更烂漫。
人生如戏谁曾试，即便神仙也作难。

关于姬调同学不敢认领油笔的偈语

昨夜星辰昨夜梦，云破天河惜泪痕。
一枝旧笔换新貌，写尽人间万里春。

梦夜作·腊月二十一

思念同学逐日杳，遥叹假期情迢迢。
忽然梦会桑梓地，相逢何必泪潇潇。

山态松姿

自作松岩颂图［在教室作壁画并题词］

顽石凌云志何愚，拙松淡日境同缘。
愿向苍穹经世纪，共历生涯拨天弦。

又：愚松顽石，共感风雨，入沐沧桑，同境风流。石愚松拙，何谈灵秀，梦荡魂摇，谁问汝寒。

拙境愚人无奈之日，书木石赋为颂，于学生分别在即，作此图以赠，企达境矣！

——丁亥年冬十一月

是日音乐课端水求真随乐应俗，谁知：

同学笑语正欢腾，忽逢冷令顿消情。
更将热心化青云，拙境愚人泪纷纷。

求医二首

一

千里问病到京城，跋涉不计道艰辛。
为救残生访名医，恶疾缠身泪澎松。

二

花岁生涯才思闲，天降恶疾到人间。
求医处处渺茫期，唯有哭损歌残年。

不知明日身何处，离魂但上青云路。
折翅翻膀斗死神，奋尽新力开新宇。
对质天曹拼心语，（冷看人间笔气扬。）
嗟声虽不万古朽，呜咽也应惊千秋。
鸣语雁行掠诗魂，鸿阵岁岁印天航。
但愿苍天知鸿意，灭灾灭病灭路难！

（注：此诗为作者小女马驰 2014 年 5 月 14 日手机转致）

古城初临冬霁霏，帝王气势已觉稀。
俗界盈蕴悲愤多，病客哪堪恋旧奇。

病入长安问客游，冷袖青衫羡人流。
既寻仙人医残疾，不向神山名峰求。

古都行二首

一

西京古都冬不眠，诗人千古鸣不平。
聚词集句含孤愤，寄思托篇唐都风。
贾孟并肩深究考，李杜相携博笔揽。

二

疾入膏肓何谓忧，古都跋涉情怀柔。
求生求死观命运，问天问地问病愁。
人生道路勤漫步，坎坷茫茫感泪流。
戏作无情多偷泣，（歌长韵久失春秋。）

杂言诗

（32首）

梦远千里，举步艰难。蝉鸣蛩唱，冷月辉残。
卧思心宽，被轻枕寒。句复韵单，鬼泣神鼾。

区区人生

西山落日，东岭升月，北天起风，南方去雁。
驿语问天，遗憾千年，遭此心境，是知痴情。
青春未酬，描岁写轮，拭袖撚笔，白发偷生。
拙语何出，鬼句丛生，区区人生，如叶飘零。

七巧夜

七巧星晚，大河露十。刮肺搜肝，征汝诗胆。
梦远千里，举步艰难。蝉鸣蛩唱，冷月辉残。
卧思心宽，被轻枕寒。句复韵单，鬼泣神鼾。

歌乔老

人师千古绵长，灵魂百世流芳。
佳编莲出绝代，俗文离尘入苍。

<u>**猎词润章**</u>入句知荒，文斗帔霞（临）夜冷藏。
擒魔炼笔抠肝碎肠，解怒释怨情迁念忘。

拜年·正月初一八点五十五分给陆浩发信息

（旭）阳初升，春光灿烂，
去岁如斯，新年气象，更应妖娆。

<u>**日习文章美**</u>，瑞雪赠锦言。
冬即来临日，春光在前边。
每天一文能进步，学习是最好的休息。

《痴人笔记》首诗

委委屈屈一场梦，生生死死半部书。
如烟如梦人生路，拭泪恃风流。
不甘风雨常回首，几度轻楫，几酌相思愁。
拙笔半捻涂春秋，也应说无忧。
未托我佛忽说苦，一念愚文，一杯碎心羞！
读书未破万卷，只零捡碎拾；
知情不足浮生，唯充目断肠。
直落得，情单梦冷，意著愁繁。

文农

地耕天种苍穹桑麻，谈玄噙瑟论不世文章。
四方五行东道魁首，参上下千年前贤英侠。
明月而集炎日之正气光辉，
照汗青彪炳万代真情。
夫木锄桑榆忆国难民危，
挥蒿典汗鞭作原始挽歌。
类人间辛勤谁敢取巧投机，
古黄土高坡蒙雨雾生长吉祥。
连草原献戈壁足迹迟迟，
贯横沙漠北西文从源渊。
追缘积故洞生设想，
观自在为何在莲台上？

（诗）径新语

上也有过，下也有过，少年学子，坦荡也过。
国也舞泣，民也揩泪，中华儿女，洒血抛昧。

裨文杞语

眠宿拙境［柳］，愧卧偏荒［远］。
餐露风尘［霜］，拿愚竞庸［天］。
行为苟昧，然情无立足之处，
形容陋猥，德色拘顼，
又自命不俗，信俘审美，
不通庶务，卑权藐贵，错诠民风，
至逐成孤侣余人，世纪汰砺！
杞语裨文，不登大雅之堂，愿供庸人观玩，
略欠民风，少有不贤，却表愚昧情愫，
敢负雅士指笑，达者不视无奈。
虽未染泪沾泣，也已情尽倾骨，形涸胫髓，
以不世不孝之才，趁此文作混乱之时，出书泛滥之机，
抛洒于尘土之间，文风动乱之世。
本以聊慰一生微卑心愿，
不听圣贤遗训，
失坦途而攀绝壁恼天堑之神。
未识世人告诫，
弃憧憬而余鬼蜮惹幻界无情，
致使生涯多舛，踪迹常错，
噫，傲骨微存，牛性不改，
庸俗未果，果服未来。

汗读先章

感风华句老，惜迷途忘返。
碎意志则喜亘古浅吟，
死生涯而作不世文章。
生性常违天意，做事尽背世态。
愚念痴至春秋不衰，
奢想多至海天茫茫。
甘心失望之墨闲抛漫洒，
任人痴笑之笔永握不休。
废少年壮志多情携痴情共翔，
标如今狂态理想同梦想争枕。

怀念

白云山真武大殿前侧，有毛泽东曾立足看戏处，现竖一碑记载，有感而吟。

席卷千里风，横扫九天云。
渡水北草地，踏霜东路云。
征途神州图，功碑人间吟。
几回星河转，万篇歌书传。
辽原火德高，焚毁千年蒿。
牛鬼蛇神烟灭，盗农庄卒奋貔貅。
天街采断公卿贵骨，地下扶起泥腿赤足。
神州大地缚毒鳞，万面晴空走麒麟。
万万里江山尽兵民，千千岁英灵著华夏。

世态

捞着名利，炫着富贵，
夸着社会，骂着穷鬼，
兜售脸皮，抢着亮相，争着放屁。

十四韵：选美选姬银屏生光

秀发云绕，玉脂耳旁。
桃脸香口，脆臂纤手。
细眉粉项，酥胸修腿。
甜胯卧脐，飘乳流彩。
平腰明背，腻股凝霜。
尻积愁云，臀发情光。
巫山天崩，国人魂丧。

万层楼

一层楼呼买呼卖兴隆久，千街万巷休。
二层楼划拳行令小调口，酒色装春秋。
三层楼几上长城不夜修，金币胜山丘。
四层楼小姐老板腰厮搂，人间数风流。
五层楼洗头踩背欲池舞，可叹红酥手。
六层楼包厢按摩身体舒，慢品佳人优。
七层楼先生老总行宫署，乘醉听箫鼓。
八层楼贵宾彩女国戚留，纵横人欲流。
九层楼火枪收尽烟枪舞，白云空悠悠。
十层楼细腰明背粉腿舞，伊甸深处游。
千层楼楼上楼下不闻语，人间楼空著。
万层楼广厦万间楼上楼，天下寒士仍漂流。

解劝令·借电视现象以作解闷

乘着势儿，拿着腔儿，凭着艺儿，争着台儿。
光着面儿，哼着调儿，端着样儿，放着屁儿。
荐着万儿，美着名儿，夸着海儿，显着自儿。
挣着帑儿，寻着乐儿，打着情儿，骂着俏儿。
由着己儿，可着性儿，宠着腕儿，抖着阔儿。
靠着权儿，霸着屏儿，亮着相儿，谄着媚儿。
爱着人儿，得着趣儿，画着皮儿，风着光儿。
肥着膘儿，牛着身儿，擦着粉儿，迷着人儿。
派着劲儿，浪着态儿，赚着款儿，编派人儿。
务着名儿，演着戏儿，拉着洞儿，吃着人儿。
害着天儿，损着德儿，派着劲儿，捧着奴儿。
赞着官儿，护着贪儿，霸着理儿，念着经儿。
靠着法儿，拍着板儿，控着性儿，变着兽儿。
逗着民儿，等着报儿，枭着份儿，称九流儿。
占着坑儿，拉着屎儿，对着众儿，端着腔儿。
得着意儿，忘了死儿！

——2011 年 12 月 26 日

打工调三首

一

哥哥你打工愁，妹妹呀扫街头。
但等到那世事变，咱们俩也住高楼！

二

哥呀你多辛苦，妹妹呀常担忧。
每日起床分别后，盼哥安全把工收。

三

千万你要把神留，万莫要大意过头，
安全是福牢记住，再穷也咱共白头！
（注：此三首为作者小女马驰 2014 年 5 月 14 日手机转致）

对联：愧曲歌荒

上联：情千秋岁百年世间曾经冷暖共襄
下联：河东西地南北苍天知阔古今同措
——2012 年 1 月 6 日

对联

上联：学中外文做中小学生
下联：过新旧年作新春过客

对联：色金通天

上联：和谐风吹一年四季
下联：为民路彻南来北往

题斗文笔惊天地，传神乡风成方圆。岂是凡俗。

对联三幅：边河归海

一

大路通天曲入北京
高楼连霄直上青云

二

大路通天直达北京
小河流水曲折归海

三

大路通天走州过府到京城
小河流水北曲南回终入海

感而无聊·初一八时五十分辰末，辛卯年春节第一天

人生一梦春夏冬，良宵经年继有痕。

惜新景

炮竹辉火争空咒，繁星点点冷画魂。

晨迎万谷红日烟霞，暮临半壁新月如画。

情九霄无人怜远思，身北国有缘问前途。

挽袖撩鬓

已经学海教诲深，未入深山志尚少。

千年师碑尚人风，万代贵史美景色。

词赋曲

（110首）

掩霞谁边？尽斜阳残照，云堆千山。

山高云遮掩，凝望眼，入目路空远，弥底思念。

浪淘沙·读史惊眸

匆匆人物娆，猎迹吻荒。钟鼎衣袖知天老。茅壁瓦舍竞辉少，别无冤考。

喜居新楼高，还添风骚。赐了苍穹一念好。章图廓印争书毫，谁轻泛捞。

菩萨蛮·立春日

充天塞地世界满，蕴萌待发分野灿。绿含怒放志，冬怀藏柔情。

刀笔不代羞，普度胜巧琢。鬼功总一体，神斧造人环。

临江仙

茫慰千秋景不贤，次第风霜重旋。扶镰磨裙携汗勤，目遍尽斜阳，回歇小村远。

逐日追昏萧色天，果获释迦无怨。自在叠趺土炕浅，吐烟话桑麻，煮酒重开轩。

采桑子

民逝村风国易魂，万代千秋，天地重来。物华天宝壮腰包。

携子下海离乡井，风光进城，望楼兴叹。如垒棺材上天庭。

西江月·月

牢羁中天独处，明访窗前帘雾。寻离问别苦淹留，怨对星辰无误。

呈辉撸耀掠暮，遍读移影习故。圆缺造化生涯路，愁我些儿谁妒？

唐多令·《错韵集·启篇赋》解村

文欠家国情，冤褒邦籍沉。借飘零恼氏悔姓，少爱多戾负昧深。入村行，洞迹眠。

荒诞风流韵，日夕勤扶平。穷思忘念贪仄轻，无悔无怨无词凭。谢参详，任找寻。

夜山行

傍晚山行兮微风轻，山路迢迢兮月伴影。

随心随泪兮奠浮生，知我心兮唯鬼神。

沁园春

雁鸣空啸，乱云冥天，寒写露重。正霜色摇落，万木萧疏。疑风惊飞，紫树封烟；素叶随起，疏林吟悲。好个秋色恸情靡。懒记忆，乘人间冷暖，留恋如初。

注就此行多楚，派生涯染俗更年华。曾青春时间，透支虚夸；浮情掠景，赊得挥洒。借欠豪爽，晚划年轮。眨眼便尽人间恨。奈今看，忍匆匆光阴，去也无阻。

念奴娇·怀古

猎迹吻荒，寄苍凉，星影速速茫茫。深窟赌祥，竞饥光，索索思依祈壤。撞日撩机，汇猿擒猱，聚食驱羚狼。茹毛饮血，携苍扶婴守望。

刀耕火种参殇，取脂藏栾肪，佑护儿娘。驱虎恼兽尽略防，惧石投豺击魉。洞露萤伤，焰御夜徉。争冬惜夏落果藏，夕阳如画，几树青青永昶。

浪淘沙·错韵解问

平章化千冗，堪问话由。目穷几回落魄路。惹绪生涯泥著，去了柔务。

解暮风云注，督愁溉妒。纵调心念？不透。为情煎得形容瘦，已序羞牧。

西江月

绵绵阴雨觅翳，漫漫苍山织雾。入时羸云移色障，免除烦忧无限。

万方金风舒野，撷取飒然网收。睡虹直上帝都处，还嫌余情不够。

忆秦娥

“五·四”咏，天国风云捐英魂。捐英魂，情上苍穹，爱抛京门。

赤子丹心似相同，血染风采千古存。千古存，四海扬波，五洲憾恸。

长相思

谷雨酒，香满楼。醉风飘散行人愁，肠断天涯路。

树梢头，尽温柔。轻拂慢舞时光著，莫笑今生误。

卜算子

野道无踪考，雨弄浅浅晴。孤村落语燕泥静，花自寂寞红。

万端风云静，摇曳沥时倾。山山岔岔点缀轻，声抚绿怨吻。

浪淘沙

细雪初试冬，零落撒轻。悴叶未着秋风力。断下残落封泥沉，增多殇咏。

远帖万山影，无限遗情。神峰鬼谷千嶂颀。俗子仙女蹬烟尘，野魂孤吟。

西江月·喋学生涯

读遍春秋冬夏，赌尽少年生涯。千缧万背考场下，敢把父母累垮。

莫记多少牵挂，欣听童景如画。凝望双亲鬓飞花，冤作她人陪嫁。

忆秦娥

故乡遥，四山峰翠谷迢迢。谷迢迢，雾满三川，云腾九霄。

回牛声歇歌旧调，呼婶唤姑村嫂俏。村嫂俏，猪呻鸡鸣，推碾响磨。

减字木兰花

高云淡雾，当阳万里碧空楚。流水清彻，玲珑山川冬初注。

追古泛今，人生如梦惜别殊。粗咏浅吟，千秋诗文几成书。

浪淘沙·师碑有坊

知音路巍巍，哲情无愧。高山流水若依依。频牵风色应莫悔，关山峰垒。

指道谢斜晖，万目争睽。净沐贬息岁韵美。传吟弄弦逸无非，绝唱不醉。

西江月

摘星弄月天幕，惹云染雾尘路。玉宇碧海捉远眸，情迁茫茫回顾。

衷岁负爱人佑，尽痴尽愚微渡。生涯匆匆何惜步，费了人间晨暮。

好事近

师创乌海溪，沐染去路昚然。涂抹天地人间，捏损半管笔。

搅闲赊忙羞暂移，挑些轻掷累。寻史访迹揩泪，千古愧魂稀。

长相思二首

一

天边月，照你颜。来了又去怎可恋，年年空相约。

银河沿，关山远。几回梦断还窗前，段段愁厮连。

二

鹊桥断，天河干。牛郎织女忽分散，不织不种玩。

奴心宽，无遗憾。踏破国门去攻关，怀抱老外欢。

浪淘沙·山村婚嫁宴

宴开村庄啸，客满院小。几处细嘱忙欢笑。竹喧雾掩调声俏，议论杳杳。

歌歇尚无了，酒则应酬。唢呐嘤嘤催昏晓。竹炮升飞震山腰，乡俗民谣。

西江月三首

一

窗盈星斗争喧，月满仲秋如期。擒目空令对昏眠，浩宇万里沉淀。

更听鸡语鼓怨，倏选汉角征见。说文悼赋未解羁，懒审唐谣宋泣。

二

海纳百川归流，陆蕴亘古生机。天愿人欲光阴垂，世事几番留移。

无奈物多心绪，填愁减恨情底。百年衰色应独对，唯念惭愧心依。

三

茫茫流派如寇，熙熙类别说处。写尽风骚万年余，拼染一身闲忧。

撕碎云影片片，漫描风光款款。出洞偷惹岁月虚，抱日吞天何辱。

西江月·今世牛郎织女

当初山盟海誓，如今反了双脸。怨他钱少足奴愿，去做官家婢妾。

你有一帘幽梦，我剩半窗明月。城乡差别实在远，应说咱俩无缘。

浪淘沙

居闲听歌颂，关山路重。尝辛倍濯万古丛。揩泣折目尽远崇，展眸征程。

争渡沧海东，回励高峰。垂史千秋入画风。伏历天涯缘阜功，潇潇落魂。

减字木兰花

星移斗转，列宿周天争闪烁。河斜参横，三垣尽显贵权术。

夜空醒沉，塞兔停捣桂影升。穷荒僻壤，万古千秋人民说。

戒严令

蒸燕窝，烧白干。小桌对杯土炕暖，良拟话愁单。
衣被宽，心未甘。一灯孤影苦斟满，劝更饮星栏。

皑皑雪，茫茫路，江山如画英雄故。怀念到千古！
天淡休，风细游，朔气灏派寒意稠。隐我浅浅愁。

今生误

一个年，时空白，千里祝愿，万思百演。若劝无多怨，忆瞬语评海，几丝微恋。挣不断心绪连扯牵染，欲罢则墨干情缠。

更念情深深也断，吟败心理，损却心扉。惹起愁云弥天，遗憾震叹。也省得是千古流芳，前贤误传。

沁园春·骑车银巴路

漠云平远，瀚烟阻广，辽阔无限。速风震袂裳，诗乱鬓忙。百里争先，踏轮车狂；回顾历程，前途正长，尽解眉放思凝眸。曾何想，奋腾飞依翔，尽目沧桑。

鞭空万里晴扬，见绿草浅浅静驼羊。幸物华天宝，奇石怪杨。金砂溢边，叠垒矿藏；忆古观今，牧调清商，地灵北塞著风尚。应设想，司戈壁野荒，雁落悲伤。

浪淘沙

落魄卖斯文，穷途遗恨。拥依边城怯暑风。尺步北国措踪痕，艰辛谁问？

漫庸心扉重，忍多衷情。阿盟街路多宽广。掬汗掬泪掬嘲讽，稍解安神。

叹无期

牛女暂别，惜泪湿衣袖绵绵。相思情回望经年，天恨重重浓云阻掩。耿耿银汉，二奶心酸，折断鹊桥，撤散征帆。恋影频频撕碎心意才算。

去途莫远，慰伤怀感叹。借传来手机短信叨叨一番。添些思念，万般愁绪，又掀徐徐怜幕。收拾心愿，明年还见。

犯上令

接嘲就讽，哪堪误二八年华。恨相思世界，弥留生涯。问秋色，仅懂些微许小愿。便道是上帝安排，一个拜泪洒在大圣庙外。也负得个冤情骂名，谁敢不从。

知命愁

归念头，又清秋。正凭窗凝妒，相思全收。怕信息哥挠，更寂寞凄凉处。听山口风响，对一川细雨，无意吟昏愁。

岁岁情

情也疼痛，意也疼痛。心儿里忍不住的煎熬谁问？

吟也随便，静也随便。宽时间多承揽些相思难混。

探古风

更听深嘱情，汉音唐诵。倦尽人迹千古恨，遁绩总是不准。

窗净世界新，阔别多景。懒思脱恼归无情，厌就随尘庸影。

解月令三首

一

仲秋将至，别梦依稀，逝岁仿如昨。光阴荏苒，流年多误，生涯惜消筹。

是时风云，人间伤痕，物华感何穷。听问天壤，星河耿耿，月明今夜冷。

二

世事多舛，知音堪苦，恨满天涯路。更对韶华，幻觉星空，晴色明夜影。

宿恋遗念，斗传留愿，银汉转千年。梦回岁月，忘年深怨，人生划平冤。

三

雨湿寒秋，雾蒙远途，迷目深山旧。渐向黄昏，次第令眠，安排多日愁。

诗惭雁字，句顽更咨，吟碎寂寥时。满床零乱，一被冷清，幽梦何处寻？

令无悔

父汗浇山，母泪心甘。望成龙会云端，人间花儿开灿。

比吃比穿，竞寒竞暖。责父责母太穷酸，不是世纪好汉。

长相思

心不甘，情不尽。但凡日头未西行，洒墨总愿馨。

喜也吟，悲也吟。都凭命运安排定，莫怨不改性。

野鹤谣

翠竹生明夜，幽香移思魂。担泪浇秋秋色移入天，拼染鬓霜霜重羽渐消。写忧抹恨，星河底静。

冷画碧云天，误吟风月莫碎。

登楼叙·接信惘意

秋色高明月，夜影凉疏衣。且惜匆匆征岁，命运滞淹留。凝望含思，递千里佳绪续接。存踏声色悯红颜，万虑归解。莫懈东风不悻人，知意赊多少，全凭情结。

叨叨令

命儿里悄悄地惨，心儿里慌慌地乱。数不尽烦恼轻轻地窜，无限的相思儿零零地散。

整不齐那念头，压不展的恋望。茬茬儿地突苗长，好不叫人恓惶也么哥！

别语深深

晓色迷空，晨雾氤氲，恋恋村外挽行。别意深深，几行泪眠，叮咛明年回来再叙。

更舍乡情，复怨早，牵手细语几声。千里慎行，去路保重，记得信息勤勤发送。

入更深

误犯红尘，沐怒弥听。偏情更生悔人韵，片片记断鸿声。百虑揉韒，岁重新冷。幸怜痴文绊形容。得罪人生辙，揽足失意痕。

塞边缘

宠边塞，独衷荒野，孤漠连天裹。边城风霜微念，染翠添嫩古尘刈。暂且心底。

生前愿，惯看平沙，弱草壮牛羊。鹤泣远憾无疆，及空牧鞭遗恨稀。挽泪无依。

忆江南慢

书山路，红尘渡，庸庸俗俗人争步。参不透，怜不够，今生未酬，来生还走。难留住。

悔无凭

怜影叹何穷，离别斩情。忍弄风格高节调，偷洒千番泪。涩抛一段景。

更难与说，恩怨也应，总是失落无凭。任从欢序有时，哀悼累心镜。揩悔忙如频。

入村行

道路萧疏芜凭，小溪失流冤滞。断桥不记年华，细鸟匆匆半歇。

远山无许嵯岈，孤田冷落种南瓜。废径时有人过，回头贯看村庄。

几棵老树，一户人家，秋风声里流年度。看鸿雁来去，耕前世今生，好景哪堪光阴妒。才华俗情，埋没何惜。守望千古风，传颂万世吟。

惜别情

今日阔见，预祝好运连连。忘年参会，幸当时良景仿如昨。世语纷纷净偏庸，亏我些儿何争？前途省听障，佳期负步还忙。

弄心思人，盼倩音时携彷徨。偏偏儿乡风吹散，零零碎碎许多悲伤。不应有恨，还顾得揩眼抹泪。问世事情为何物，前途保重，生涯有逢。

歌

失魂魄之荒野兮，惊墅梦于星落，晓风残月。愧衣袖之清冷兮，悯道路之迷离。摘晓风以餐露兮，采晚霞以为帔。拍夕日以迁时兮，淹丹月以释永夜。

道合民心兮合力掳掠。采浮光掠影兮咏风华之永时。使时与俱进兮诘人民之知安。修庸以炼俗兮得生我更不如。

门庭重托一天云，窗影浅摄万家楼。是喜是忧。劝香色悻入频愁，恋挽方舟。

(奴去也)

俺娘家祖祖辈辈穷不怕，但愿嫁一个老实的庄户人家度年华。自从进了你家，整日家泥腿拉胯，钱没得花，粉没得擦。

进了城才知是世外天，梳了奴的发，美了奴的身。巧哥雅居才不辜负为人的成了家。

欣看高楼连天的拔，胜你茅棚草舍四面风刮。城中有好月，乡间无多恋。

昨日恩爱是时造，今晚离别是正道。一半儿悲伤，一半儿欢喜。

如此分别。奴去也，何必牵挂。

二奶情怀

天阴阴地沉，路暗暗地平。一地里的心情拼不断的紧。近处的心，远不完的景。一般的事儿格外的新。新依的老公能不能终生地跟，腔腔儿的境意谁不道说得清?

秋风时起，搅乱心绪。忘记千年遗恨，忽忆昨日感慨。

恨愁语无处洒脱，身体又不行。思绪里沉重，硬生生将好事折损。

整不齐的思绪团团的乱，理不清的愁烦款款的酸。吟不破的情底心碎恨缠，谁替得了这般无理的慢悲喜尽揽。拖拖欠欠愁不转的弯。

碎真赋

学海茫茫着落无处，痴人说梦也抱真情。

痛改前非不为思过，调息时空怎舍回忆？

相吊之势岁岁不灭，忘怀情由时时深沉。

捕年华疏影发胸臆感叹，拘生涯失落作拙笔渲染。

笔起笔落皆艰辛酸甜，墨洒墨聚泄苦涩之心。

蔑世之说无疑将天怒人怨，詈曹之论总难免毁名伤势。

俱而痴心妄想，几曾达于心境。遍挽愚衷醒梦何时可作揖情。

但平庸而丑己身，不作奸佞之徒。敢真情而避邪恶，可救人性之泽。

病句未免面黄肌瘦谁知，意境萧条丰收喜庆不闻。

追自由忘乎所以，远大人使落拓无奈。

谁说不是，心里总是，是也是，不是也不是。无由头自作多情，去年还是，今已不是。已是远去，离别还是。

西江月·西湖三姐

冬盟万里生机，人怀百样情形。自然天地昼伏平，洒落些个缘甚。

岁月更多消停，人生何故吟深。若忘记来去春冬，望尽天涯日重。

掩霞谁边？尽斜阳残照，云堆前山。万户落寞斟寒烟，新月洒愤何清清。孤村应闻鸟悲咽，趁黄昏，哀吟无穷。

琼瑶慢

千岭风，万山雪。蒙蒙白雾乱云迭。怨也莫怨，恨也别恨。喜得人间存幻缘，许我字相恋。

词知底，情无源。深深窑洞叹摇琼。冷该未思冷，孤却难奈孤。但看形容忘流年，识派玄女天。

柳斜飞

柳斜飞，嫩黄细垂劝依依。劝依依，不知何为，一凭风吹。

人还是，诗成韵错吟几回。吟几回，自作多情，谁肯理你。

长相思二韵

一

雨潇潇，雾蒙蒙。逞狂骑车柏油路，衣衫已湿透。
似水洗，似泪流。思绪未卜前途路，更添几番愁。

二

风满楼，月满窗。孤魂韵错吟凄凉，寂寞思绪长。
句未酌，字未详。牧笔脱羁倍增狂，凭它笑荒唐。

天与秋光，转转情伤，探金英知近重阳。
薄衣初试，绿蚁新尝；渐一番风，一番雨，一番凉。
黄昏院落，凄凄惶惶，酒醒时往事愁肠。
哪堪永夜，明月空床。闻砧声捣，蛩声细，漏声长。

妇思

纤纤手，轻轻炊，频频劳作皆为谁。
一日生计百忙中，为君使得奴憔悴。

头等打工人

老板本是靠高官，头等奴才我先占。
幸奴工资千上万，穿也时尚，戴也时尚。
看奴打工小资产。
身可许，心可许，打工也要敢攻关。
虽居白领也烂阑珊；高等打工胜美满。
强似你个揽工汉。

流浪韵

雁叫天色寒远，西风响碎客愁心。零乱些思思念念，整理着凄凄戚戚。

再版时尽数将痴人泯文刊登，全部抖露，丢人现眼，再敢说愁。

风妒着春色冷，雁吟的悲歌丽。高山流水深几许，牛耳只闻草……

素日累

雨湿春意，雾启心扉，正天色暗淡昏黄，最难思量。
忘却心底，更牵魂累，也难算凭羞几场，难怜情殇。

村嫂怨

说你打工的好，又要起身得早。十月的时日也忘了，丢下个爱情几回老，空对着长亭，闲看着柏油大道，思量着知情知意的人。巴巴着双眼，望不见你的影，千万别丧良心。

听琼瑶书有感

捡愁应不适，遗恨可宽心。你有一帘幽梦，我存半窗明月。几回光阴问醉，万滴期盼眼泪。如何挣得青春碎，半生潦倒发偷白……

疑是睡起，月启墉窗乱心扉。
乱心扉，滴漏惊翠，（思心）捋碎。

野妞谣

轻轻摇浮萍，款款荡绿意。
碧色透天天上绣星月，日眠水底底云雾蓝天。
嗓喉甜润，悠扬迷人。
是歌还是语，不知舟系何处?

念奴娇

翅收漠北，尽边城，雁影一一消谒。牧歌新编灿荒野，疏风萧萧还见。沧桑空渡，乱云停歇，丰草壮牛羊。遗曲咏遍，阻隔关山无限。

戈壁梳羽抿咽，念阳关苍苍，贺兰绵绵。回途如征岁移远，情随意境暂遣。待睡沉选，已竞翼帔，把相思暗寄。演试鸣练，展看高路连天。

思念重

山高云遮掩，凝望眼，入目路空远，弥底思念。
度岁问高洁，算人间，真爱多多见，哲情整怨。

推酒杯

望天涯，路远云重天低。致惭愧无限，回忆无边。

念奴娇，泪少恨沉情依。托相思恋影，梦幻弥天。

卜算子

沐浴乌海日，揖袖白鹭洲，访梦怀古塞外游，夜沉增绸缪。

高山贺兰居，流水黄河渡，问师会友千里路，白雪西岭著。

——2011 年 1 月 9 日

长相思・塞北醉春

谷雨村，杏花风，游子千里忆身凭，旧事滴滴寻。

北国情，贺兰沈，慢揾感慨意飘零，愧揆塞边吟！

—— 2011 年 4 月 18 日

浣溪沙・诗罪

才罢耕笔又重拈，光阴叙述不许歇。唯恐妙句轻洒泄。

道路忽幽胆气先，向天蹉跎酬赠言。磨遍生涯鬼神嫌。

——2011 年 4 月 18 日

卜算子・咏梅

疏雨助草绿，奋笔拾春绪。酌词措句穷寰宇，备墨偷天语。

岁月任销伫，韶华厌多虑。贪情忘怀遗少许，留些后日叙。

——2011 年 5 月 9 日

生查子调·宋女诗人朱希真划游舫于西子外湖约会不值

四月十七，融和天气。独驾孤舟约湖西，几番泣迷离。昨获初好，哪堪成疑。空备浅盏侍儿倚，回舫泪纷飞。

——2011 年 5 月 19 日

沁园春·客塞

漠云平野，瀚烟阻隔，辽阔无限。速风震衣袂，诗乱鬓秋，百里争飞，踏车登轮。回顾里程，前途还远！应解眉放思凝眸。曾何想，奋腾飞依翔，尽目沧桑！

鞭空万里脆扬，看绿草浅浅静驼羊。幸物华天宝，奇石名柳，矿藏叠垒，金沙溢边。牧词吟歌，忆古观今，万陌北塞著风骚。千秋唱，尽戈壁野荒，雁落悲伤。

——2011 年 6 月 23 日

醉花荫·“五·四”曲

天阙舞旗乱云从，英灵聚星空。赤子献真诚，北斗指正，千秋名忍存！

青春热血祭忠魂，染泪涕沾巾。中华儿女功，碧海丹心，人天共瞻仰！

——2011 年 6 月 26 日

鸿依·庚寅新秋接陆老师电话

千里金秋，传鸿语深情。感离恨当时无言话别，匆匆而去，正伤怯。惜过去未来，还还深恋，问轻处。遍西风洒念无穷，更相怜。

——2011 年 9 月 27 日

诵佳篇，似身银州烟笼城。
富气充廓商官阔，游子作叹忆止时，
独携愁入西夏风！

——2011年9月28日

随风行，贺兰山缺烟雨稀。
黄河水上白云间，灵州之求神显验，
别都造化可通天！

——2011年9月28日

读佳话，李旦另都寻生涯。
贺兰高耸北屏风，黄河远来富宁夏，
烟雨丰美甲天下！

——2011年9月28日

居洞中，光阴荏苒度流年。
金风欠鸣草色浅，黄土高坡起炊烟，
谱岁谱咽谱人间。

——2011年9月29日

忆秦娥二首

一

书声闻，惊恼世人怒目生。怒目生，心也不平，气也不顺。

唯令天下皆弃我，我愿孤独作鬼朋。作鬼朋，歌也由我，哭也由我。

二

书声咽，惊惹世人声声厌。声声厌，心也不愿，意也不愿。

咒你孤魂永拘野，唯令天下都弃嫌。都弃嫌，晨见白眼，晚见白眼。

——2011 年 10 月 4 日

诗魂

沧桑抚远，空洒恨垂边！云影低低，落叶依扫情离离。有千种心结，挽秋色绵绵。梦试魁芒举霜锋，怒倾卑章，意思荒免，得句怀愿冤，向悔频谴！

——2011 年 11 月 22 日

念奴娇

踏车远途，正行间，手机回响来信，讯接细读喜华章，美文才可近天；意胜当前，情逐宋沿，格调非等闲！感憾人生，无论冷暖错置。

更应多少年月，莫奈岁深，岂信信无凭。借得余生万般愁，夺得今日心愿。惜别离情，他时舍得，千里一瞬间。而今重忆，命运总是不菲！

——2011 年 11 月 26 日

故岁秋

新年渐远，奈何春如故，又剩余愁。
浮生应料恍惚逢，多的泪眼，万里重云！
是以梦幻慰生平，可对残情，怎了痴心。
轻抚底事问世间，几番错觉，一种愚念！

——2012 年 2 月 17 日

讯春絮

春雨未依，虚窗孤临睇。

自念念不忘，一本闲书，万般思绪！

寒暑耐愁，度岁影独立。

若常怀疑虑，千秋情感，半生失落！

——2012 年 2 月 21 日

西江月

春暖陆邑如茵，青春正值芬芳。知遇知境手足忙，千里怀念时光。

流水犹豫东向，柳梢醒愁初长，桃杏多伴山峰上，任蜂任蝶偷酿。

——2012 年 4 月 8 日

杏花天·清明时节

杏花初蕊，柳细吐翠，嫩风搜句，新草渐远渐馨。燕语诗情吹春树，虫歌人缘租华年。朵朵呈芳，丝丝舞狂。

醉里步掩尘土路，笑（语）揩着饰鬓愁。人生多慕，总嫌不够。丰色几度染形容，慢俗情天斗爱长。千古逢翠吊痴境，不厌桃菲入眼眠。

——2012 年 4 月 10 日

一剪梅

情绪茫茫天涯路，几时问候，无处寄愁。飞絮翩翩怕染头，泊亦有识，弃更无由。

随时随份风尘误，留也懒妒，去也怨惆。惹顾袒护几回眸，辛酸奋苦，追逐何求？

——2012 年 4 月 19 日

减字木兰花·答陆浩

千里听信，一样思念抚远情。百语嫌短，多少吁叹为使唤。

风吟雨去，江山如何况且换。托依托梦，只愿青子秋入篮。

——2012 年 6 月 5 日

沁园春

十里村庄，鸡犬不闻，人语何处？参万户萧疏，薜荔护庭，滕树对院，饥鼠侣祥。璋藏宫深，蛛网牵帐。民间盲文千古存，正美景。图乡俗人风，花絮俏影。

寻溪尽头氹涸，幸衰草婴婴迷扉形。更失鹊恋虫，鸟问新枝，渊蛙哑遁，细虾逃潜，蝎捕蛆狂，药毒医殇。光阴干气凭地灵，人杰颂，唱从此不农，强国富民！

——2012 年 7 月 9 日

星河转，天时灿，牛郎织女早分散，各自闯江山！

心已懒，情更单，只把人生作笑看，梦里也知欢。

——2012 年 8 月 23 日

相怜醉

餐赊黄昏，一一时辰，几回低吟。听叶稀落，寒阳射红，秋去尽。轻霜覆人间。

凝望天涯，北国路远，音信沉沉。强试几番，渴盼心情，人逐瘦。梦魂关山路。

用马致远小令二首

一

为救残生惜第，走东走西寻医，命运如何挽泣。泪花飘零！人生有悻几回？

二

求医求命求生，买哭买笑买狂，神仙住在云里，悲歌当欢！几个泪珠染红？

新 诗

（22首）

竖起世纪的高碑，唱响和平的圣曲，
揭开宇宙里的隐私，重新把人类的春光描画。

鸿运·四月十七日

振动您的翅膀呀梳理您的羽毛。
让铁喙坚持尖锐，让指爪炼磨得锋利。
嗓喉是号召的鸣角，声音是行程中的壮曲凯歌。
眼睛明亮得要胜过太阳的光芒——
不仅是目穿千里的一切希望。
严格自己的韵态风尚，随着“一”字高昂着起航——
列如“人”字遥鸣翱翔，共资生命的希望飞向远方！
征程中旷远迷茫，蓝天白云中要识别航向。
寻求理想孕育最好时光，历尽艰辛忍耐风雨云霜。
行旅漫漫修其高远，夜眠晨宿迎接四方来霞：
一切辛苦酸辣都是生存的代价和征途的青史起码。
有生命才有伟大，关爱是一枝独艳无比的壮丽仙葩——
它将辉煌的种子播下，无论是来去匆匆走遍天涯！
寄托后来者延续风流格式和神圣韵曲继承如斯的精华。
真诚您的生涯，美好您的未来，丰富生命的千秋万代。

天涯学友慰

应该不去悲伤，
心中的充塞只能是不尽的向往。
应该不再乞悯，
眼泪的闪烁会变为生命的辉煌。
我们相信挫折会多种多样，
我们也曾经历辛酸磨难。
人生最美好的好像是等待和盼望。
只有这种设想，
才真的能称为久长。
只有这份情商，

才不会被任何人夺去和分享。
因为我们有纯真纯粹的梦想，
深集在旷远迷茫永久永爱的故乡。
任一切都很荒凉，
死后也不会把人生的信念遗忘。

《错韵集·后记》（初拟）

我曾是一颗被遗落在悬崖上的种子，
在无多少土壤的石缝中拼命地发芽生长，
愚顽曲拙的杆枝仍然迎接着风雨的侵袭不断向上。
同样沐浴着温暖的阳光与气息的培养，
在大自然的变幻中傲世经霜，
也曾经飞鸟的自由栖歇和任意诽谤。
我愿意长成参天栋梁为人类争光，
但没有人敢来这危岩之上，
游人们只站在远处嘲视与观赏。
我便在心底里呐喊着不停彷徨，
不知道是谁把世纪的钟声敲响。
我仍在云雾中把头高昂，
披靡所向直指上苍。
有一天感动了月宫中的吴刚，
掮着大斧将我夸奖。
自然界终于变得和谐温良，
从此不再那么迷茫……

临近年的心绪

当你留恋在梦中的时候是多么地天真啊，
可当你清醒的时候却是如此地忧伤。
我淡淡地品尝着天悬地殊的激情，

我苦涩地嚼咽这相思的哀愁！
归来吧，天外的云，心底的情，梦中的吻。
无限的风光还春光，
又一个多情多意的年。
为什么再增加一些诸如此类的，
思不尽、想不完、猜不透、看不厌，
无限美好，无限媚人的人生恋恋不舍的梦？

鬼吟·悼梦

沉睡在安稳的黄泉之乡，
听着你为我唱着那悲韵的挽歌。
我感到了在人世时从未有过的安慰，
这是我生前所不能认识到的。
你哀婉的悼歌，
你轻沉的舞姿，
惊天地而泣鬼神，
连地藏王菩萨也感叹不已。
孤魂垂泪，野鬼偷泣，
这就是我享受到最优美的奠祭，
最风流的慰问。

尽心了——你

我敬爱的师长，犹如生死不渝的灵魂故友。
操劳了——你。
我文海世界的亲人，意识境界的长兄。
我们同是《聊斋》的游魂，
我们都是剩余庸人的哀叹。
我们是林黛玉抛洒的眼泪，
我们是不羁的野鬼、幻界的魔影。

父爱是座山，他能担负起一切平衡的与不平衡的，
是无能游子的平台和天堂。
你的心已切给了我一半，拯救了我的另一半，
一百年以后，我们仍然携手在狂飙弥烂的世界，
倾听树木山川的歌唱，梦幻如斯呵！
用心与灵的呜咽，
去奠祭那永久的向往。

标榜吗？和明

我用诗歌来推销并暴露自己。
而一个声音又悄悄地说：
“你是在隐藏自己，
因为你暴露得越多，越广泛，
则使人感到你越神秘，越不易看透。
如果你把自己暴露得越全面，
则只能使人感到你更加深刻，更加高深莫测。”
这是一种哲学的观点吗？

悟爱

有的人在赞美爱是神圣的私有的。
有的人在咒骂爱是罪恶的杀人的。
有的人评价爱是无端的偏心的。
有的人则疑问爱你姓什么？
有的人坦答爱是伟大的。
有的人宣称爱不能分享。
有的人寻找爱你在哪里？
有的人呼吁爱的权利是平等的。
有的人甚至说爱就是美的牵挂。
有的人傲慢地说，我在爱河里生长。

这无非是骄傲和失落两种世界观与人生观。
诗人只好写道：
爱就是生存与生活。
爱存在于每个人的每时每刻。
爱是天罗地网，为觅一丝爱，寻出无限恨。
爱你小气，你偏心，你无情。
爱你势利，你是金钱和贵族的走狗。
爱你是上帝，你博大，你无边，你深邃，你多彩。
爱你灿烂，你辉煌，你永远迷人！
爱你是人类的诱惑。
爱你是生命生息、繁衍的故乡。
爱就是整个世界。
爱使我看到人间。
爱又为何把我抛弃？
只有伟人——毛泽东说：
“世界上没有无缘无故的爱，
也没有无缘无故的恨。”
请记住这句箴言，
才可以超脱自己呀！

人生地平线

心中的太阳在视野里升起，
黑头发在不停息地飘动。
笑脸上已染上朝霞般的红晕，
魔幻的身手开创了生活。
人性的改观是世态的染色体，
地球上唯一的见证是大自然的生理现象。
高昂着自信去体验和怜悯，
观察和争辩无非是收获。
用情感去安慰就要付出和奉献，

经过了就是财富。
美好不能刈去，
珍惜才是最大的知识。
把善良和慈柔扶持，
露水奠祭了整个世界。
艰辛的灿烂常常集聚在信念之乡，
鬼神永远是艺境的力量。
绚丽的景象不属于梦变空想，
努力展现修改和扩充自我，
才是生平最大的辉煌。

——己丑年秋

是**何处飘来**浓酚之香？
是嫦娥摘取丹桂之汁正在酝酿！
是何处传来笛怨梅吟？
是玉兔也悲挽这寂寞的夜空！
谁人曾惜这秋水般的魄光，
几家真恋那纯洁的光华。
浩荡清洁啊，不洒势利之辉；
廉静无私啊，亦入柴扉之舍。
人生是多么有趣啊，世态如何炎凉？
请卷起广寒之帘，让我借你的云床，做一个无忧无虑的梦！

八五年仲秋夜

明月好像从水里出来，
是嫦娥沐浴后来不及着衣就卷起了广寒之帘？
好像闻到丹桂的馨香，
是不是灵兔倾洒了不死之药？
天边的淡云轻轻徘徊，

是冷清的素女在悲伤起舞！
我举起酒杯还没有饮下，
思亲的眼泪就浸湿了衣袖！

生涯曲

摇篮里曾听过母亲的吟咏，
怀抱中曾品味乳汁的纯真。
人生谁也没有过真正的选择和预约，
自己的欲望是婴泪干后的痕迹所留的幻想，
步入年华才看见过去的幼小落差。
舔着羡慕的双唇不断回首，
生活并没有扉页，
每一幅都留下难以演绎的侘傺。
拿不出虚荣的本钱，
只能不好意思。
自己为自己编织一个难以原述的梦。
奋斗中免不了惹一些讥讽的干预诽谤，
甚至是亲近人的讨厌与贬詈。
在孤独的天地里沐浴受辱的身心，
感到是多么地欣慰愚蠢，
恰似吟一声昆曲在自我陶醉把悲伤遗忘。
追求时赢得的享受，
倒置梦与现实的格局。
把心思分散给茫茫的宇宙，
最难理解和论述的就是向往和脚下的凸凹。
踩着虚设的身影，
走向太阳的身边，
把悲伤融化！

母校

哦，我认知的原生地，
我智慧生息繁衍的故都，
我知识寻源的绿野——母校！
——你孕育无限光辉，
创造神圣灵魂，
是多么地灿烂辉煌！
一代代新秀在这里重塑，
一个个精灵在这里成长造就。
多少精英回顾怀念，
多少学子用真情的热衷把你颂扬。
母校你是伟大的，
但你也有缺陷，
你会有更伟大的成就弥补。

师生情

在你的原野上有我牧笔的芬芳。
在你的沙漠里有我的驼铃铿响。
在你林海绝密的世界有我舍拼苦建的传神故乡。
在你浩瀚无际的高空云壤有我锐翅洒落的银光。
在你滚滚涛声的大海中有我横楫远征的彷徨。
你的博大精深使我不停地向往。
你的辽阔无际是我奋蹄的疆场。
你的旷远迷茫要我寻求追踪导航。
你的朴素高尚教我领略人生自信的霞光。
你迷人的风格是我永远的榜样。
你静静地流淌浇灌了万紫千红，升华了自我。

子文（二）

一个人生一次辉煌，
一百个岁月一百次春夏秋冬。
回顾去年的今日，依然是叶下风厉，鸣秋响野，
金萧南回，凯辙如斯。
整形容慨叹，劝收获无限，慰藉人间，情无间隔，
折磨光阴永载，昼伏中村。

《代跋》一文闪烁着深深的爱意，
伟大的情怀和人性最美的光芒。
一字一词都铿放着作者胸怀意志的博大真诚！
这就是母爱，是生生世世的怀念！
它的风格永远激励着《错韵集》的作者。
它艺术的用词用语句句得体得理，
深刻地表明作文时纯洁明亮的心态和光芒四射的风采。
不能不使人感到这是母亲的蕴慰，
不能不感到这是母爱的加临。
掩卷偷泣，惭愧与内疚共袭。
品味细读，心境同意愿争升！
你良苦的用心用意像母亲的乳汁在我思想的体内湍流，
甘甜地滋润着我命运的细胞。
你坚强的信念铿锵的语言，是我人性的升华。
你滔滔汩汩地阐述，信誓旦旦地肯誉，
是对我最有力的鞭策和最真情的爱戴。
加上我感慨的回味，
加上我愚钝的领略，
加上我千遍泪读的声音，
共集在天上人间之友爱的真情谛听！

你的精神坦坦荡荡，
你的语重心长切切裸裸，
灵美思虑凝结着你风格的精魂，
至诚至纯至信的世态作为，
美丽着你忠贞不懈的生涯轮廓。
你真诚的情在语句中流芳，
你伟大的爱从话语中淌过，
你在跋文里屹立，
你从书中走来！
敬爱的老师！
历史永远不会欠下债务，
老师永远都在燃烧自己成就着别人，
这是历史的流程。
老师永远是一条母爱的长河，
把真情的儿女涤练培养。
字字来自肺腑，句句良语心声，
声声闪现着扶弱扬善的情感，
把情底诉出，把心绪说穿，将人性坦荡。
愚人解之曰：
将袒护之情，将爱为之情，直舒于众，
直表露于字里行间！
恻隐之心之情之怨冤直透意图笔端。
谁曾隐私敢示人？
是用心的血舔锋酿毫，
是用爱的愿展纸染墨。
可将友爱洒向诚，佛约为善置身处。
逃兔游龙抱憾生。

贪官乐，日日饮宴摆酒阔，
逛馆下赌自由活，怀抱天姿加国色。

贪官喜，二奶三奶伴美妻，
逍遥自在慨无疑，高薪厚禄谁人比。
贪官欢，国帑供他去旅游，
天南地北尽情游，高他秦少游。
贪官笑，百元大币装满腰，
不用劳心不劳力，改革开放天赐福。
贪官庆，和谐社会福满门，
礼花鞭响不厌声，国人谁不歌太平。
贪官悲，高楼彩厦美中还不足，
本应日日换奴婢，洗脚带搓背。
贪官愤，清平世界有穷人？
为何不把金钱挣？天生就是奴隶种！

致姬爱爱《高中学生的妄语》

因是农民的女儿，哪敢娇气贯穿，
艰难求学，岂能靡费懒慵。
磨碎柔情百结，收藏酸甜苦辣，
学杂费用，耗干爸妈汗水，
衣食住行，遮羞揩涩谁知？
父亲的脸上写满疑虑，
凝结着劳动人民辛勤的年轮。
母亲的鬓边飘起白发，
闪烁着饱经沧桑的风尘埃霜。
岁月已不停地变幻，
恶魔逐渐在显露凶残。
善良随着时光的流逝被淹灭淘汰，
因为它被认为是无能的名词或现象，
是对社会不利的因素！
我自己有什么能力来判断对错，

只作为一棵贫瘠土地上的小草在奋力挣扎，
别无选择！
花开何时，花落何方？

——2012 年 8 月 10 日

为翠答

为什么如此悲伤，
难道是有什么不了的愿望？
为什么把自己这样践戕，
是否要把人生退让？

学生就是你的成绩，
学生身上闪烁着你的光环，
学生和学业建筑了你的莲台。
你有无轻视课本的胆量？
谁不会教学生？
你与学生孰能？
你比学生如何？
我师在何处？
请教谁？

十年前人为我师，十年后我为人师。
拾趣时拾得了老师，也拾得了学生。
在学生面前是模特，离开学生是真人。
只有在暑假里才还我一个人生！

桎梏颂

迈着圣洁的步伐，
端着慈威的面孔，

走向讲台，走进学生的心灵。
任滔滔不倦绝，
任苦口婆心，
尽注入天真烂漫，
涓汇于纯洁无邪。
……

散文

（109篇）

我是春的信使，我来自绿的初萌，我来自红桃的讯风，
我来自心的旋律，我来自多情的视野，我又深藏在迷蒙的眼眶。

健

人生旅途，变幻莫测。无数的欢乐，无数的悲伤，都曾是年少的浪花。有过痛苦，有过难堪，有过兴奋，也有过欣喜若狂。烦恼和愿望，都是我生命的华章，回忆观望，这些都是人的生命与活动的基本。未来有多少？

简单的理论告诉我，人的命运与生产活动的最根本的动力是奋斗。天上不会掉馅饼。生活会有许多困难，战胜困难是人生求健康的本质。从父母艰难维持生存状态的活动中，我看到甚至体会到好多。人生没有扉页，每一页都是健康的！

从咿呀学语到成为一个初中生，积累了多少喜怒哀乐，也储存了多少酸甜苦辣。“剪不断理还乱”，只能是岁月的风霜雨雪。曾经为了真实与进步而放弃了班级的长跑比赛，曾经为了美丽而敢于搽脂抹粉，结果带来了好些失落与难忘！太多的过去，渺小的失落，伟大的生活，辉煌的未来，要我用诚实的心境去领略与接受。生活属于美好！

说

生命在于运动，运动使人产生。人的生存完全依赖于土地，地球永远是土地的实体。土地与人的最初关系就是农作业。农作业是土地育人的最统一、最原始、最本能、最全面的动态生活形式与砥柱。所以一切人都是农业产儿、农作业的产品。仓颉是农民，造了字，才有了文字、学术……

农＝地＋牧＝土＋生长因素＋草本＋牲畜。

谁敢说自己不是农家的后裔？谁敢骂农民，说农民作家水平低，谁不是农民作家，天下作家，一切“家”们，只要是人，都是农民的种子，他们的细胞都是农民的遗传。农民是地球土地的产人，所以也是地球的主人。地球与土地就是农民的故乡与环境，难道还有另外什么产人吗？不承认自己来源关系的人，是从什么地方出来的呢？是陨石风化出来的吗？请你快风化回去吧。我们地球不需要你，你不懂地球与土地，更不懂农民。

那些口口声声替农民作家说话的人还时不时地说出农民作家水平低等不谙世务的话。他们应该是结巴农民的后代遗传。

请看看毛泽东，他是最地道的农民，也是最地道的农民的儿子。他的文学水平如恒星般在人类文学史中闪耀，多么伟大呀！

说捕蝎

至于生态平衡与否，我不懂，亦不敢妄言！蝎属何类昆虫，与农业利害何关更不敢随便说，只是虫害遍地，庄农叹说：一只蝎每日大约能吃掉上百只害虫，如今年年捉蝎，虫无天敌，靠药物除之，只能缩其势，而更增其旺势。传说“贵人们”吃厌了粮油蛋肉等，便以食蝎为美为补，蝎是他们餐桌上的一道佳肴名馔。2003 年“非典”侵犯据说也是“贵人们”吃猫类动物所致，以致发生接踵的“禽流感”等，但在官方的积极扑灭下未造成更大的祸害。近年来又大量捕蝎，亦有专贾供灯具，专商收购，此种运动遍及窝棚谷底，许是改革一体吧，庶人终究不详。唯听有人说：“数年捉蝎，数年捉蛇，再数年捉人。”听后使人发忧。

我想“贵人们”吃蛇蝎尚可。然我辈汗脊粪足，皴皮臭茧之体，任用尽天下善美佐料烹调汤煲未必好吃。唯捕蝎者夜扰民宅，或一人或二三人，连夜不断，甚者扒窗敲户，搬砖揭瓦，房前屋后，蔬菜葫芦，豆棚瓜架悉遭践踏，一些事物不翼而飞。每晚使人静藏洞内，提心吊胆，难以入寐！珍贵美好的夏夜啊，是否也被“贵人们”吞吃了，逐年尤甚，民生民计何至于此？

子文（三）

日无所归，以西去为名，隐形迹而度天年。愚弄庸人，掐指捏诀，算计无穷，忽悲忽喜，万古无闲，无由处掳取些可歌可泣的情绪，把未知的和未有的都作为文章随意抹栖在无墨可染的心境上。

月有广寒，可出可入，可东可西，可缺可圆，引得痴人仰首感叹，相思无处，痴念连连，尽歌尽泣，千年不息，万载相传，汗湿书背，泪淹梦染，无声悲咽。将好端端的人生拖累得呆呆蔫蔫，把些无形的和有形的都弄得绿肥红瘦伴日伴月，尽洒在白白净净的生涯上，让岁月慢慢地流淌。

星光闪灿，神秘无涯，给人们提供了无限的向往和追求：放火箭寻找，坐飞船追寻；让科学家们常常做着惊天动地的迷梦，幻想着未来的世界，争夺宇宙！

己丑年隆冬三写

一

宋朝女诗人李清照引说：
语出惊天地，诗成泣鬼神。
天帝言：前已有仙圣，赐汝词为魂。
清照痛哭而逝，时年六十余岁，号易安居士。

二

无名氏说：遥远的希望总是如此的辉煌，
无限期的盼望应该是人生永久的需要！

三

光阴似箭人生如斯，居深山而恋天下，
有无穷困惑，有不尽苦衷，
有难言之隐，有不泪之情。
会吟酸文而自悲，敢作鬼句以傲世。
却不知生涯多舛，世事茫茫……

碎《碑》赋

搏陆之野，致广袤而尽精微。

物华天宝舒其含容，人杰地灵宣适培育。

搏陆之野兮，皆得其所。

物得于用，得于生，得于成器。

彼浩然之气，存于风云，存于日月。

施光华以造福广宇，酿生机拯挽斯世，斯养地珍，化育百韬。

荐广宇浩气，推垒灵云。

助升华而氽润泽，甘潇洒而独风骚。

然人生百年，凡人何存，仙子何逝。

唯风范当显，永照千秋。

伏竖子心，庸人泣，圣人当羞，英雄应叹！

我师我友，敬神灵则不偏豪门，爱钟馗则不斩鬼魅。

金钱盛世不贪孔方，物欲横流之上独钓无钩。

摇扁舟而渡苦厄，吟凡句而超度穷戚难友。

身居吃人不吐骨的妖魔世界，却独能采芝救人。

不为利欲熏蒸，也不四大皆空。

而反天地间一腔正气，通融于浩然玉宇，贯植于广陆之原。

南海观音合掌而谢，西方老祖慧眼加瞻。

四大部洲，光华永垂。
我师我友，不佛而何？
历史当鉴，圣光永照。

千年伊始，国人大肆宣扬素质教育，又大力提倡心理教育，要彻底挖掘小学生的“心理状况和心理特点”，使人感到十分震惊，又觉滑稽可笑，同时伴有担忧和失望……后来不再提倡什么“素质教育”了，因为当前学生连自身的为人素质和本身能力都丧失了。心理教育更成为哑巴唱山歌……

何为《错韵》

古代诗歌多以情、景、境、意咏叹，艺术范围十分广泛，多来源于人民生活背景及各种各样的社会内容。诗歌发展至唐，艺术与文学水平进一步提高，尤以王之涣吟出了历代以来绝句的最佳水平，体现了一个文学境界的高度，总之其才子才人辈出，延至宋代转引出词赋令儿……

唐代的律绝及宋代的格式词调绚丽了中华的文学苑，然而也有一定的时代局限，不可避免地也受到社会发展的局限。

从古到今，毛泽东开创了诗词的新局面，竖立了诗歌天地的新碑，曾掀起诗词长河最惊险的浪峰而无人能步其后。

当今，时代在前进，生产力高度发展，社会进步飞快，但人们生活多趋于统一单调的半城市化方式，广大农村千姿百态、形式各异、神秘万象，乡俗风情，逐趋夭亡。俗语说“十里乡坛不一般”，可见古代人民群众的生活方式及习俗、信仰、文化的自由广泛，是一曲原始的、包罗万象的生命俚歌，她的文化可想而知也应是意态异然的……

我们是否有必要让这灿烂文化延续发展并完善而增加新内容、注入新的活力和新的生命呢？

本集力图创造，无“故弄玄虚”之意，不受任何局限地浪漫无碍，似乎有时代的烙印，那是无法避免的，否则诗词难以发展。

——二○○九年二月六日写于一时之兴

唉，**茫茫世界，匆匆人生**，谁曾细辨少年青春老气横秋，忙完学业便忙工作生活、对象儿女，以至生老病死入土为安，只此为普通百姓人生。

唯拙境愚人，乃普通百姓之中一愚蠢之人。其貌不扬，其形不靓，人物猥琐，才智平庸。房只一间，地只一垄。有家国有姓氏，却无帮派无本领。无家室，无大志。整日深居简出，坐守山洞。哀叹命运乖蹇，太息光阴荏苒，日日苦唤不能自拔，有歌讽之曰：

少年寻愁未识味，拼碎鬓丝品九秋。
拙笔慢揾性不悔，不识时趣常遭弃。
老大懒图悲伤泪，守釜度日无佳作。
洞深忘尽岁月去，出恭才知天已变。

在遥远的山坳里，升起的那颗星，给黑夜增加了许多幽怨和说不尽的哀愁。——她那梦幻般的伞形光晕好像漂浮在太空中的相思游魂。——凝望者的意马，从东向西一夜无眠。

落魂游

魂无举止，漂泊不定，蓑衣鹌裳，蓬首不屑于风度。穿街过巷，陋形掩于肆角俗壤，逛市赶场，行藏流于庸忙；与常人同食天国之粮，共世上争占一息之地。唯入山环内乡，增些个不幻灭空想；走村串乡，更见了绿柳红墙。老是些泥足乡当，亲热时挽臂搭膀，不嫌你模样凄惶，也忘却了落拓于常。领略了世事茫茫，多少人缘、风情、乡俗、民生，有人杰、地灵、景观，牛羊、驴嘴、马粪，掺杂些鸭黄鹅唱，炼得穷沟村庄、别土饮井，息歇有大树遮凉；多见了秋妹春姑，并那些光大腿的裤衩女郎。但见得，风光如斯，景色般般，青山似遮，小溪先迎，飞絮入深树。盲鸡唱光华，折流寻翠，曲径回疏，桃杏灿半谷红雾。正逢春时，杨柳摇一村吉祥，似祈祷风调雨顺，砍柴种粮。巧姐携荆篮采嫩菇绿苹，庄哥捎绳镰向山崖嗟语，拄杖老人不甘寂寞，捋须讯问客从何来便向何去，洗衣嫂真情致问，逗雀顽童感新奇群围而指道。有一个官人干部傲慢无礼，调侃诘难，不知心存什么聪明出世的绝论乡观，落拓行人狼狈不堪，猜不透他官人的俚俗雅探。不由得左右为难，往前走步履蹒跚，谁管他问得多般，答出些辛酸，忽然遇高辈攀谈，殷殷勤勤问讯留餐，孤魂便今晚安然。

已经抛弃，已经走过，已经抱憾深泣。
把千年孤愁，万载冤欢匀匀搅拌，造一个新人生的开始。

过了一个年，知了一个岁，忘了一段情。
丢弃掉的是爱不够的伤痕和伤心。
完成了一个愚昧，直挤碎了织横纺竖流不完的泪。

拙境孤魂·愚人马

读情可以寄志，世人莫笑我愚。

十年前人为我师，十年后我为人师。学无长进，情渐多愚，惭愧自不必说。唯孤鸿雁影，寥无知己，日夕以愁伴悦，尽多情而少文墨，皆伤感则胸无大志，不禁歌之曰：

倚世经年兮何去何从，
慨既无涯兮意志却唯唯。
生当斯世兮与人莫比高，
寻找知音兮芳草萋萋，
可盼兮星星之火可以燎原。

除夕的黄昏·丁亥年

新年如愿，这夜晚，这灯火，这炮声，这欢声，这千般飘来的油腻味、浪笑声、狂叫声、团圆声，他［她］们的娇声、脆声、得意声，声声入耳，声声乱人，乱人心扉，乱人心底，乱人无奈，乱去罢，由你们一切人。我会蒙头大睡。

零八年正月初九

宋女词人朱希真有一引词《生查子》：

去年元夜时，花市灯如昼。

月上柳梢头，人约黄昏后。

今年元夜时，月与灯依旧。

不见去年人，泪湿春衫袖。

从正月初三日始，每晚有歌舞场。花炮掠空，鼓乐弥耳，灯火阑珊。灯火阑珊处见红男绿女，挽臂搭肩，笑靥盈盈。歌舞场外有倩女离魂，霸男携美。更娇娘斗艳，佳丽摇影，帅哥称狂，妖女夸粉，靓妹弄姿，呼呼唤唤，娇声燕语，融乐无限。“良辰美景奈何天”，欢乐喜悦谁家年？似这般人生岁月，都应是为我伤情铺设！只好孤魂野鬼偷洒泪无地……

开学伊始，携女友行于北京。一路风情感怀伤月，乘快车而达京城，抱热望而掠山水高桥；飞车挟风，渡无数峡谷越野，心情迷乱，穿万座峰峦壁洞。至京城，灯火辉煌，正是午夜时分，并肩携手顿感亲密无隙，直至出租车接抵终点……

前门下车，人流洋洋。我们进前门，趟马路，越地道直至正阳门下。哦，好大的门楼，上有两层，叠峰垒翠，红岩黄瓦琉璃碧霞阁。两层阁屋，白壁砌就吊影栏杆玉楼台，朱红披光大城门墩高数丈。我们仰望，我们激动。古代的建筑师，伟大的劳动人民，这是劳动者的智，千百年的底蕴，历史的辉煌。

那高大的门扇高丈余，宽有八尺，厚约四寸。每扇沉重的大门上有拳头大的铜钉。我顺便数了数，九行，每行九颗，共是九九八十一颗大铜钉。女友拿着相机不停地拍摄……

经过正阳门，我们来到天安门广场。首先看到的是毛主席纪念堂。那高大雄伟、庄严肃穆的建筑有一种端正的气派，有一种伟大的力量，有一股穷人们亲切的依靠之气。它是无产阶级自身筑就，是广大穷苦人的心房。

毛主席静静地躺在水晶棺里。他那伟岸的躯体在沉睡。他终究是那么伟大，那么使我们踏实。他的思想是永不落逝的阳光。我们在离毛主席水晶棺的数米处缓缓走过。我们激动，我们在心底流泪。若不是女友在旁，我想我会无法游玩的，或许会孤独伤心悲哀死在北京。好在一路上有女友的陪伴，才激发了游历赏观的兴趣。此时我在想，倘若我那些可爱的学生此时此刻在这里该有多好啊。

我们瞻仰领袖，怀念伟人：毛主席呀毛主席，您在哪里呀？毛主席呀毛主席，您知道现在吗？我猛地似听到歌声“毛主席呀，你是灿烂的太阳，我们像葵花，在你的阳光下幸福开放，你是光辉的北斗，我们是群星，紧紧地围绕在你的身旁。你的思想是春天的雨露，我们在你的哺育下，茁壮地成长”。

我的泪从心底流过。女友的安慰更使人伤情，亦稍幸福。唉，人生啊。毛主席的一生是伟大的，他能扭转乾坤造新世界。而我等碌碌之辈连自己都难以解救，何谈人类！

之后我们经人民英雄纪念碑，经天安门广场过金水桥至天安门。天安门高大雄伟。毛泽东，人民领袖毛泽东的伟大画像悬挂在天安门城楼上。看到天安门城楼和毛主席像，我才觉得胸意荡漾，获得很大的安慰。

天安门大城门，高数丈，同样由九九八十一个大铜钉嵌镶得庄严雄伟，过天安门后是乾清门。乾清门也高大威严，午门门票高达60元。难进午门，无法想象北京三城的美景。左为中山公园，右为嫔娥宫，都要门票。游至此处已经兴尽，其他的也就无所谓了。

离京途中，春雪霏霏，一路黯然无趣。

乘兴燕年知京机，参悟前景应有疑。

复水回环岂因路，得梦生涯便可依。

我是春的信使，我来自绿的初萌，我来自红桃的讯风，我来自心的旋律，我来自多情的视野，我又深藏在迷蒙的眼眶。

日初，日夕，曾洒多少疑惑，又收回多少忆念。

随心弄笔

2009年己丑年，戊辰三月。风如野马灰满天，翠柳呜呜似呜咽。

桃花哀，杏花泣，春草儿嘤嘤鸟落泪。吹乱了几千种思绪，掀翻了一万个理由，吹透了前心和后背，扫除了无数不爽不快和烦恼。

风啊风，你到底是向西还是向东？吹不倒的仍然吹不倒，刮不动的依旧刮不动。你偏心，你无情，你坏，你无能，你不懂人，你快去，你不是风。

教法无常，拜学有旨：

关于孙悟空前后两个师父的风格。

菩提祖师对顽徒的教诲，是因材施教。

能使顽徒翻天覆地变幻莫测，神通广大，降龙伏虎，镇服群魔，彻底改变花果山世界，彻底推翻天庭挟辖，还花果山一个美丽自由的世界。

唐玄奘对顽徒的教诲是口口声声地念“紧箍咒”，使顽徒烦恼无限，不敢越雷池半步，束手束脚，怯头惧尾，前途苦恼，受妖魔鬼怪无数折磨，充满悲戚……

白云山记

真武大帝：据北穹而攘溟洲，控北极而显化北庭之荣枯，度一方之灵吉。深奥秘而略朔气永恒，穷粟厘而广衺宇，察毫濡以沐日。呜呼！神灵在天，云像为证，神形碧空，人民瞻仰。神白云而顾霞州。

愁绪满怀，**独上西峰**。但见香烟袅袅高空浮，善男信女堆堆至。庙前微步神有灵，谯盆摄火跪拜重。只听戏楼将相汇，唯怜孤雁失意栖。落魄如梦仙人会，痴心万里凌云塔。

站在九级塔内，临孔翘望，四周群山荒秃，微隐些些绿村。北地苦寒，千花百草到此立夏之时方酣兴盛。真是：

才知春已尽，方问百花开。
悔不无意至，宁叫青丝稀。
极目沧桑志，难展胸中才。
未携知音游，扶愁上天梯。
零落魂渐散，缥缈恰如来。
赊叹高处泣，借情愁时吟。
微尽愚人态，撂笔壮心怀！

雄伟的宝塔与山乡的荒岭绘成了一幅苍凉古朴的图景，倒也给人一些诗情画意之感。更值春夏交替，惠草初绿，空气中都凝结着大西北特有的黄土味，让游人感到一丝的舒畅。随着香客们的踪迹，亦步亦趋地去做礼拜神仙们的事业后，剩下的就是随心所欲的观景漫游了。

早饭后从家中出发就有所悲哀，一路更是孤单无侣，上得山来才生喜情。将自行车寄予一个卖香纸的嫂子，便恭恭敬敬地去做上香拜佛的事业。西峰寺山门外对面是戏台，侧面是三圣母娘娘庙，内供云霄、琼霄、碧霄之颜位。据《封神演义》上讲，她们居感应随世仙姑正神之位，因有混元金斗及金蛟剪等接生接育工具，封三位娘娘为三仙姑，专管生育之事。而寺内娘娘庙则是九天圣母或九天玄女及青天子孙、皇天后土等娘娘良相（娘娘庙各处均有不同，有些地方是九天玄女、观音菩萨、三圣母等）。娘娘庙后大天台上便是高耸入云的九级宝塔，至于属何教何圣未曾考察。虽处佛家寺内，我想应属佛道仙儒四圣浮屠了，因除了佛道仙外更有儒家人文的精彩缥缈之美。

拜过各处娘娘，心情仍是十分沉愁。欲寻天路。恍惚间，我一个女学生的身影恰似天外飞来，飘飘于大殿左右。我极力镇定一下迷蒙的心，再细观寻，忽然又不见了。是做梦吧。只好再拜娘娘。为什么呀，更增添了些无限的伤感……我不住地去掐自己的腿——不是梦！

擎着香顺着天路拾级而上至塔下欲观景色。啊，我的梦又回来了，连忙去追赶。仍未真正见到我的学生，我只好认为这是娘娘的显化。心中盘算要多敬娘娘。果然灵，我那学生第三次出现，我认定是真的，万一是梦我也要唤醒！所以我连喊数声那学生的名字，可是任凭千呼万唤总不应，她顺着天路飞了下去。我几乎要跃栏而下。菩萨保佑，娘娘显灵，一位好心的嫂子帮我叫住了她，叫醒了梦。我的学生真实地站到了我的眼前。人生就这么迷蒙，生活就这么弄人。我高兴得不得了，就要求我那学生共同攀缘九级浮屠。至塔顶，人不少也挺杂。又见到了姬调的父亲，招呼了几句，便去欣赏可观之景。忽又遍找不见我的学生了。唉！人生如梦，几多欢乐几多愁，美梦总是不能太长。况我命运多舛，谁能同共痴情。荒山野寺能有几处舞文地？晴空陋塔只些许青砖蓝瓦。何来你多少愿心判真假，岂由我空怀壮志漫嗟呀！罢，罢，知音只怕天上有，人间何处寻得来？遍观壁上痕迹，皆是游客名姓，一时伤感无情无绪，便也弄起笔来，刚写了“拙境愚人到此一游”，还无下文，就见一个十四五岁的女孩来到身边问：“叔！你这样在壁上刻字算不算是破坏文物？”我反问：“你说呢？”“应该是。”

我说："这么厚的砖墙，我浅浅地刻这几个字，就能破坏了它？"女孩不高兴地指着其他几个男女青年说："你看他们都学你，如果每个人都刻起字来，时间长了不就起到破坏作用了吗？"当时我的心情本就不高兴，经女孩这样批评脸上就挂不住了。我说："小妹妹，你说这个庙总共就这么大，庙会也总共就一天，况且一年也就这一次，就这么多人，多数是山里的蛮婆野汉，识字的、会写字的又有几人？又会有几个人有此闲情逸致在这儿写字？而这些有此闲情逸致的人又有几个能写出什么斗笔文章来？这只不过是星期日多了几个像你一样的学生，他们只不过留名而已，是为了图个升学吉祥的预兆而把名字刻留在这圣塔高处。如果明年4月8日不遇假日，这些将要毕业的学子你是请也请不来的，如此算来，就是一百年才一百次，这到底能有多少人能刻下多少字呢，能把这厚厚的砖墙刻损吗？我不过有许多愁虑和忧伤在此散发罢了，谁有心破坏这文物？如果你们说这是文物，文在何处？永远没有一个文人学子光临，文在何处？名在何方？这不是被称为子洲的四大名山吗？如果一万年不被一个人刻写一个字留一点痕迹，只任东南西北风穿窗过隙吹，能闻名吗，算文物吗？只被无知的人烧香磕头，愚蠢跪拜，能闻名吗？那么神仙不也就成了愚蠢的神仙了吗？本来这些娘娘是仙灵的精英，是极聪明极美丽极灵验的，但不许文人们点缀，而只有伪君子们的奉承、无知愚人的供祭，我想娘娘们也一定会感到伤心、失落或不愉快的。'山不在高，有神则名。'娘娘神仙伤感失神，还有什么气象景致可言？只剩些蠢汉烧香，奸人企图谋福求财，还有什么呢？还算名山吗？能文得起来吗？既无神圣氛围，又欠人文景观，闲在这荒山饱受四季野风的围袭，这不使人感到遗憾吗？如果真正有好的文人们来观瞻，留名留言，舞文弄墨，夸句耀词，那时的景观、人文和神韵气象将会是多么的美妙壮丽呢？那将胜于百座空塔。我认为在这儿留名者总有一些活生生的气象，说明他们喜爱崇拜，才签名留名，是十分积极的态度。这是给娘娘山增彩，不是破坏。假如明代的唐伯虎来这儿壁上留下一名，想想你们这儿的庙将会是何等的名色，那这一座塔可就全国盛名，天下盛名，世界上的人都来瞻仰了。破坏了一座，再修十座也值呀！”

听完我这一通半生气半可笑的话语，小妹妹从呆愣中回过神，和气地说：“叔，你不要悲伤。把笔借我也写几个字！”我将废钥匙递给她，只见她写下：“献给娘娘一首诗，心中有话难开口。上山拈香为敬神，保佑我们不发愁。”看了她写的这四句我惊讶！怎么又一个聪明的才华少女！虽然诗的内容功夫浅拙，但如此少年提笔成文，真不简单！她叫刘倩，说在子洲二中念书，初二（3）班学生。哦，生涯的梦境里又见到一个才女。不知还能否相逢？忘了问她乡居何处，家在哪村，真笨！

下得宝塔，还未出塔口就遇见昔日的学生，现已高中毕业的王小东和王震，并介绍了他们的同学。一定要让我去他们的同学家住，说有好多话要说。盛情难却，只得去了。主人十二分热情，洗澡理发关怀备至。果然晚上一大堆话题，除了怀念过去就是别后读书情况和高考问题。最后又找来万年历算了一回命，直到深夜两点，才在一个大炕上睡了。我们几个人直到第二天上午十点才起床，洗过脸，主人家早已准备好了饭菜。真是浮生难得半日闲。

想宝塔凌云惊天地，望四野群山连东西。

戏台上唱着南北腔，庙会场香烟接天起。

——农历四月十四日落笔

（注：文中作者对刘倩批评的辩解是错误的，有偏沿失察任性之嫌。这里宽恕了农民作者这一局限，特在此指明）

回忆·与刘倩共研

曾与刘倩共研一诗：

乘兴拜神上浮屠，九重云阁论文筹。
忘年会遇不因缘，同向天帝祈胸图。

感此奇遇：

四月初八至西峰，凌云塔顶幸有逢。
忘年相识因诗兴，别后何时待佳影。

以为纪念，不枉了好时光。古人说得好：“风流不在着衣多。”降香逛庙，独抱幽愁，感慨临风，孤无知己，人生唯只此时愁。忽遇如此爽丽的少女诗人，真可谓“海内存知己，天涯若比邻”。能不使人高兴吗？但愿她是娘娘派来的。这也是一次难以忘怀的风流韵事！

怜农·对季

秋天你满载辛酸，冬天你酝酿生机。
春天你力尽奋斗，夏天你献出美丽。
达官贵族四季满载收获，商人却巧取豪夺充满野心，
姑娘们深藏着羞涩，或如意挥霍。
只有农民们春天满怀信心，抱着苦涩的梦，秋天却又是一个尴尬的、收获金色的画屏。

长城放思

一叶障天，天宽地阔；一叶障目，崛起万里长城。长城啊，虽残志犹在，傲立苍天外，正气千古存，崛起新时代，民族的特色，千古流芳，文明之邦，桑梓依旧。一副朴素的象征，表达了华夏儿女纯朴、善良、美好的愿望——世界和平。一叶桑淡绿淡绿，二粒桑葚紫红紫红，一卧蚕肥壮肥壮，已满

腹经纶还在贪婪地慢食，这纯真坦率的形态与精神不正是儿童与弱智者所憧憬的吗？不正是民族的风格永不自满直到成功不舍一丝一毫的时间和所欠吗？它使人闻到祖先勤劳汗水和认真生活的气息，你看他外表笨拙腹内却已铸起了长城万里，而仍不肯停歇地吸吮着，这不正是给弱智者和智力未开启的少年儿童们的一个启迪吗？不也是对一切有智者的鞭策吗？同时也象征了中华民族的诚实勤劳，伟大而不可战胜，有自立于世界民族之林的能力！

长城缺口清楚多姿，缺口内是风云变幻的天空。长城威武壮丽，大书特书着中国陕西，显现了长城内外的气派威风和大好江山，更使人读懂了中华民族勤劳善良的精神及伟大的智慧，一桑叶一卧蚕展示了民族的本色，桑葚展现了人民的心情，长城却展现了民族在不断崛起，展现了骄傲自豪和永远奋斗。

陕西子洲县三川口乡烟洞沟村 马和明

2011 年 5 月捧稿

长生日月粥

奶奶戒口吃素信佛，我小时候最想玩的是奶奶念经时手中晃动的那串珠子，爱吃的是每隔一段日子奶奶总要做一回的“长生粥”。做法是土豆洗净去皮切块（约 4 立方厘米），黄萝卜洗净切块（约四分之一立方厘米），热锅内滴几点素油，下土豆烂熟。此粥舒胃润肠清香可口。长大后自做几次总不可口！奶奶活了 84 岁。据奶奶讲，每千年始南海观音就去北斗神农宫讲课，神农赐她一粒参籽南回，南海观音见陕北饥鸿遍野佛心一动，也是佛家本性不喜带庸物，不觉那参籽从大士指缝中失落，滴溜溜从云端掉下于黄土高山，低头看，此处已发芽！却说此山有一羊精看得清楚，待到此参绿肥红瘦时忍不住食之。菩萨赶至此山唤出羊精，收进他的道海，迫它屙出所食，原金灿灿圆溜溜参籽未成熟已失成色而扁，知是天数，凡人岂可以仙参饱腹？遂让此籽发芽遍布山中，起名黄萝卜，一指羊精浑身毛下长出厚厚的绒来。大士吩咐：你这畜生夺取众人天宝，糟蹋仙物，从此春秋尔绒长成任人爪取，让你每年受此两次疼痛以平民愤。羊精颔首而去满山交配，遂称为参羊或山羊。

黄土肥沃适宜萝卜生长，一年大士化作凡人传授长生粥做法，因土豆肉色白为日，黄萝卜色黄为月，故称“长生日月粥”。

陕人知道此事除爪取羊绒（卖）钱外，又杀羊剥皮吃肉，更参羊肉萝卜剁馅包饺子吃，认为是尽量食入原仙参天宝少亏本！

陕西省子洲县三川口乡烟洞沟村 马和明

——2001 年 3 月 24 日

<u>当新年初</u>，旭日之光辉照，耀目人生的又一个春天伊始，东边天空的霞和西边天空的霞相互拥挤着离开蓝色的天的底层，让出了灿烂漫眼媚采的天，使人无法抑制激动与渴望的心情，这新春生涯如梦的岁月，是何等美妙如玄，又是多么的妖艳……使人未知天命如斯，文笔不精，愧光阴而误年华，斯人生兮何时？

——2011 年 2 月 4 日

<u>人生是美好的</u>，但欲望是无穷的，挑剔是不断的，爱美是永远的，而享乐却是有选择的。错误应该是一时一事的，表示和宣传教育则是永久美妙与高尚的……有人才有美，艺术是人类内在美的外在体现，所以便能激动人之心之情之魂魄。象曰：太极生两仪，两仪生四象，四象生八卦，生生不息，因此人类不灭美好永生。

——2011 年 2 月 7 日

作诗能够激怒人生气就该达到一定境界了，皇帝怒诗人时虽不杀，但恨贬远疆。杜甫说李白：世人皆欲杀，吾意独怜才……可见达境之难！只好过渡——

——2011 年 4 月 27 日

衷心感谢这一切，只是知命之年，未来只会步步趋向天堂，红日已朝西方，天命增多凄凉，前途难免情伤！书成应增理想，岂能拽回青春时光？仰望星斗茫茫……

——2011 年 5 月 2 日

填《错韵集》封三空（初拟）

信仰，天地不可夺其精魂，夭夭岁月流芳百世无泯灭。

弱水三千，溢古今世界，岂泛滥于时代间隙？

树情千年涛不尽遗泽永恒记述辉煌变迁。

万劫人生唯惜一片真爱！

第一句的解释是：大凡一种高尚的信仰，其精魂夭夭流芳于世，天地之变更不可夺其志，岁月不可磨灭其锋芒精华。第二句：林黛玉说“弱水三千我只取一瓢饮”，岂能无意志而沉沦或沉溺于纷争之境？

——2011 年 5 月 6 日

人生最难理解和论述的就是向往——向往其实是追求！也许是种相思病态。

——2011 年 5 月 6 日

我们这种愿望是高尚的，意义是深远的，系情是美好而深刻的，但这一切都永远没有时尚，即使是在金钱升涨的年代，世态也永远炎凉，人性也永远愚蠢。

——2011 年 6 月 1 日

哲情之歌·五月初九作

因为有你的执着，因为有你的付出，多少操劳，多少辛勤，谱吟那壮丽的哲情之歌！

因为有你的关爱，因为有你的珍惜，多少欣慰，多少泣血，灌溉那凝睇含苞哲情的花！

因为有你的激情，因为有你的揩磨，多少时间，多少汗渍，凝练那灿刃以待哲情的剑！

——2011 年 6 月 10 日

今天遇见一位老人，他说："这是你写的吗?"我说："是。"他说："《错韵集·尾缀三则》的第一首，韵调愉扬，有史诗的价值。"不知此论确否?

（陆复：《尾缀》首诗，纵括数千年，道尽蛮荒战祸不忍观思的历史。然而弱水悠悠，千年悠悠，胡杨仍秀，沧桑巨变仍演绎沐浴着永恒的悲欢离合。"怒"改"愉"，不但避嫌，更增加了几层对应关系。该诗雄括多边，堪称塞外千古绝唱，配称史诗不逊。你有许多奇妙文句和可以唱响华夏大地的诗词，你当有此自信，勿为眼前困境自暴自弃而止步）

——2011 年 6 月 16 日

那天以后碰见一个同学，也是旧日相识，当时要买十本，我未给，因他不爱读书，也不识多少字，就给了一本，得五十元。

——2011 年 6 月 26 日

哲情之花

贺兰苍苍，光阴匆匆。岁月会这么过去，历史也这么流逝，用真情真墨刻写的真迹与日月同光，人天共仰！

因为有您的真情，因为有您的希冀，万里长空，掠古吞今，回录着您优美永灿的曲！因为有您的身影，因为有您的真爱足迹，茫茫草原，高高贺兰，浸吟着您精诚的语言！因为有您的心愿，因为有您的风格，从春到夏，人间论美，流芳您千古不朽的年华！

——2011 年 6 月 29 日

今天见李成云，态度诚恳地谈了十多分钟，我见他忙而告退。刚才又与他通了话，他说此地真正的诗词作家可以说没有。另外提到请干校（行政学院）老师，李老师说他们去请，只怕是放假了！李老师的话是诚恳的，他是阿拉善盟文联主席，他不摆架子，很平易近人。

——2011 年 6 月 30 日

今天那个无名女说舞剑诗中的“出鞘无悔对沉戈”句是弱小者奋发不屈的感人形象，使她流泪。当时我回信息说流泪和哭泣是最好的赞美曲！后就删掉了，正后悔，一下又连号码都没有记下！不知此人是谁？今天算是奇遇不少！

——2011 年 7 月 14 日

今天捎带卖给阿拉善盟文化广播电视台十本书，女局长十分赞扬，因此付给四百元并鼓励写小说。

——2011 年 7 月 15 日

歌

因为你太辛苦，因为你太劳累，揩一把汗渍，是缓解疲劳！因为你太真诚，因为你太痴情，吟咏着敬意，谱一曲心愿。因为你太清逸，因为你太心碎，选一束山蓝——是略慰人生！

——2011 年 8 月 17 日

亲爱的陆老师：

自从有了你的关爱，我就有了一种特殊的自信与自豪感！因为自小认识你，我就觉得你了不起，非常人可比，而你文雅优秀的学识和言行风格更使我觉得认识你是我的荣幸！你的亲切又使我感到人性的美和天伦之美。……今天愉悦地接到了邮件，祝你健康欢乐！至于前几月在巴音所处煎熬之月日，也有一些人生的妙处在其中，当时所发牢骚只是一种生活境遇的抵抗方式，以适应心绪而已，是一种优美的灾难，也算一种可歌可泣的幸福和辛酸！也是人生的一页。祝全家幸福，我一定为人生的感慨继续深化，尽情尽力而为。

——2011 年 10 月 4 日

孑文（四）

秋风于万里浩宇而汹汹而来，萌叶萧萧无应付之能：奈紫怒绿哀黄悲枯俱纷纷而知尤！

原注：所为孑即偏小，此文以拥戴用词为尊。

——2011 年 10 月 19 日

枣

它经历艰难，天赋给它的是小小的黄色花朵，却生长在干枯皱巴的枝条上，伴随它的绿叶也只是太小而不够肥大。况且它的红色虽然被接受，但收获的人却是用棍子一顿乱打乱敲让它掉在地上以后才去捡起来的呀！

——2011 年 12 月 7 日

敬爱的老师：您的灵魂是今夜的火炬灯塔，总是为失去方向的人辨清航程，为失落的人燃起希望的圣火！祝您永远幸福自豪，虚怀若谷，旷远千秋！给您拜年。

——2012 年 1 月 23 日

童话神话

赤足趺坐在摇篮里，噙着晶莹的眼泪吮吸着呆夯的拳头和手指，母亲啊，世界不能没有你，你的乳汁是生命的光环。

一朵出淤泥而不染的荷花，也托着赤足趺坐的圣神，带着不知是否有生命的光环，细目眯空傲气参天不可一世。香火细烟嘀咕着世事的变迁！

——2012 年 4 月 9 日

有人说《假猴王诵》是一篇可歌可泣淋漓尽致的世态写照，对叛逆者是美好的歌颂！是否有其中味？

——2012 年 7 月 25 日

（本日陆即复曰："此言不差；仅'惊天动地敢为妖，天皇大帝丢仙魂，争锋只为灭世态，打进雷音见如来'几句，即见假猴王之胆气、豪气和欲霸欲平之气已盖三界，自然是对可歌可泣、淋漓尽致勇战虚假歪邪之俗世的叛逆者的独有表述和歌赞，其与真猴王为一唱一和之双雄会演。你的全集诗词几乎有三分之一即可当此大誉。望自珍而谦延，更上一层。"）

整理修改是很费心力的事，但也赢得了旷意无尽的获释，展示了文学风采！真是改天换地。

——2012 年 7 月 29 日

当今社会不会再有牛郎织女，因金钱、地位、世风！天河早干，所以王母不管！

——2012 年 8 月 23 日

那些文人大豪是根本不知有我等这样雕虫小技之人及作品的，因此那只是天路，很难踏上的！

——2012 年 8 月 28 日

（陆浩注：此时此刻竟是和明与我们最后一讯！日后得知，9月以后，马讯断无，原来他是奔走于西安、榆林等地医院看病，医治无效而于第二年5月28日殁于家中；而我也在当年9月以后，忙于家中拆迁和远走南方之事，并将手机失落于厕所马桶，竟未及疑询。真是阴差阳错憾悔千般）

世态变幻冷暖应自知。为物为民心生创作时的希冀和期盼，伴随着欢乐与悦情并收获时的辛苦与遗憾。拼凑着长吁共短叹。

真是不忍离愁，不舍离愁。
更舍不得扔下这些烦恼，从此清闲。

永远接受，永不拒绝；
接纳才是宽容，才是博大。
拒绝是狭隘是无能，
一生中有无数接纳，拒绝了什么？

与友书信择句

——但是现在却表现为最有本领的是商英雄和金钱皇帝，剩余的也都是我们这些没什么追求的余人，所以我深切地相信了神，一代英雄过后便是一个罪恶的深渊，我们在渊底自悲。

——在这没有炉火的年代，矿石与顽石都没有生机，因为跳出三界之外，不在五行中，那是神仙的事，我们处在这个完整的有形社会的底层，是无法超度和超脱自己的。

见雪天人人有感，家家有情。
天下的有情人、世上的好心人。
唉，但愿古人说的：“愿天下有情人都是亲眷。”

雨潇潇，醉柳轻柔。

日逝月消知心人在天上，
听歌听泣抱着碎梦入眠。

哲学是物质世界的根本之学，好学的。人学是研究人的情感或心思或……人的学问是最难懂的，怎样才能知人？

人生没有一个知己。这是最大的悲哀！愿苍天生我必有用。

散句集锦·学智

1. 品貌变色，不是智者。

2. 真知是会得到爱与护的。

3. 伟大的学者和学家，之所以有伟大的成绩和成就，就是他们爱护并有效地利用了自己的大脑，节约了脑力。

4. 死读书的人，损伤头脑，浪费脑力的人是最愚蠢的学者。他们永远不会有成就，永远无知识。

5. 一刻也不休息而进行学习的人，是失去了脑力的人，是傻子。傻子能有什么理想和前景呢？

6. 学习是人的生涯曲谱。学习是人养生修炼的必然之道。学习是最好的修身养性的娱乐升华之道。学习是人生的一种生涯曲谱，它可以美化人生，升华境界！

7. 经验是智慧之蜕。

8. 点滴的知识可能会触动人的灵感，也可能成为开启人智慧的钥匙。

9. 读书是最好的休息。

10. 思考是万能钥匙。

11. 真实地知书，而不要神秘地去探求。

12. 只有用轻松的意识看书，才能知书。

13. 用完美的脑力去读书，才能知趣知味。

14. 用沉重和混乱疲劳的头脑去读知识性的书是一种犯法，是损坏身体，对知识是一种亵渎。

15. 学习、读书要做到赏心悦目。

16. 劳动者有二，脑力劳动与体力劳动。

17. 休息是对劳累了的思想、精力的调节，而不是停止。

18. 知书才能达意，才合情贯通融汇我心。

19. 所谓的现实里“书山有路勤为径，学海无涯苦作舟”是蜕变为一个愚蠢的学习漩涡，让学生们在愚蠢的漩涡里做最愚蠢的挣扎。

20. 勤应是思迁，苦应是认真。

21. 读书是为了知书。

22. 大海舍点水，高山遗纤尘。

23. 知识和能力是不能深藏的，深藏不露会腐灭。但要酌情使用，用之适当。

散句集锦·物欲与人欲

1. 金钱正在以惊人的速度扼杀着人性！

2. 肉体可以迷失感情。

3. 美是最大的诱惑。

4. 化妆品在逐渐地稀释着人们的感知能力。

5. 人生最大的本钱是自身。本钱不能随便糟践，更不能随便炫耀！

6. 穷人把金钱视为上帝，
富人把金钱作为武器，
官家把金钱作为渔网，
贪财人视钱如命，
智者把钱作为策略，
无能者无钱便无法生活，

科学家把钱作为感叹号，

皇家把钱变作政治，

诗人啊，他们没有什么能耐和势力，只好将钱咏作裤衩里的平仄。

7. 人生并没有扉页，每一页都留下了难以忘怀或难以忘却的踪迹……

8. 人生最难理解和论述的就是向往、渴盼和相思……

散句集锦·母爱

1. 人以情为母，无情则无我。

2. 母爱是伟大的，娇贵的。

3. 母爱包括一切情志、理想、愿望、功名、目标、爱情和友谊。

4. 妈妈这个词，我认为不是单纯地指生身母亲，应是生我、养我、活我、济我的一切条件与目标。

5. 母爱是人的欲望世界！

6. 妈妈是我的理想依托。

7. 在唯我世界里，妈妈是最纯洁、最理想、最复杂的感受。

8. 天地为万物之母。

9. 妈妈也包括天地风雨日月星辰。

10. 天地间一切产生孕我之情的都是妈妈。

11. 天地间一切孕我育我之情就是妈妈的爱吻与乳汁。

12. 母爱存在于天地万象之中，母爱存在于社会，母爱在世间冥冥中闪烁。

13. 妈妈哟……这是一个有灵性生命在危难之时的第一声呼救，以唤起永远的爱的拯救！

14. 一切情爱都是妈妈。

15. 每个人都有母爱，但是不一定每个人都得到母爱。

16. 母爱中包含了人整个生命中最崇高的一切爱。

17. 人一生中产生的一切爱就是妈妈，母亲。

18. 人得到了自己的一切爱，也是得到了母亲的回爱：母爱。

19. 人如果只得到一生中所爱和所向往的一部分，那么他就得到了一部分母爱。

20. 人无论得到和实现了一生中哪一部分或哪一方面的理想和愿望，那么这个人也就得到了哪一部分和哪一方面的母爱。

21. 得到母爱的人是最幸运最幸福的人！

22. 有奶就是娘是强盗们的嚎叫。

23. 吸吮了甜蜜的乳汁，度过了苦涩的年华，仍然在泪湿鬓角时盼望着母亲的爱。

24. 曾吸吮甘甜的乳汁，曾度过苦涩的年华，也曾经笑上眉梢，也曾经泪染鬓角。

25. 母爱是追求依赖与向往的托所。

26. 得不到母爱的人很多，他们是很不幸的！

27. 失去母爱的人是很辛酸的！

28. 那些奋斗了终生而得不到母爱的人是最悲惨的。

29. 但每个人都有一个生身的母爱，即儿童最完美的世界，这一点人们是公平的。

30. 母爱是博大精深的海洋，妈妈是我的爱，我的爱实现了，我就得到了母爱。

31. 无情之人得到的母爱，是强奸的爱。

32. 母爱的感召，有妈妈展示，使每个人都在奋斗。

33. 见到了妈妈——你就会得到母爱，你的理想、愿望、向往，就不会落空。

34. 母爱对于奋斗过的人确实是一个受洗礼的池子，对无能的人只能是万丈深渊。

35. 无情者以财富和权力作母爱。

36. 婚姻的妈妈是爱情，爱情的母爱是婚姻。

37. 妈妈是理想的组成部分，是愿望的硕果。

38. 乳汁有爱情的乳汁，知识智慧的乳汁，风格情操的乳汁，人格友爱的乳汁……

39. 事业的成功就是母爱，愿望的实现就是母爱。

40. “妈妈哟妈妈，啊，敬爱的妈妈，你用甘甜的乳汁把我喂养长大……”这是理想与愿望、感情与现实的格言，是真诚的心声。

41. 母爱是人生寻求理想和幸福的美好概念。

42. 妈妈是人生中追求的愿望依靠，母爱是一切幸福与爱的生活形态，母爱和妈妈并非单指生育之儿女之情，是有情之人的理想之歌。

43. 母爱是游子的信念，是最伟大人格的第一体现，她和友谊一样是最珍贵的遗产。

44. 母爱是追去的依赖与向往！

45. 偷爱是种创举，是一种最神圣的爱，它没有伤害别人，而是美丽了自己。

46. 母亲是一条河，她能洗涤你幼年的委屈和少年的失意及幼稚的泥土。

散句集锦·能力和智慧

1. 聪明 = 真诚 ≠ 诚实

诚实是态度，聪明是意趣，真诚是感情。

诚实 ≠ 老实 ≠ 愚昧

忠厚 = 真诚 = 聪明 ≠ 智慧

真诚 = 智慧，真诚是最大的智慧，谦虚是最大的聪明。

2. 一个人最大的失败就是虚荣，学生尤其应忌讳。

3. 人最无能的表演和体现就是虚荣。

4. 学习是一种本领。

5. 对于学生，本领就是学习能力。

6. 人之所以有别于其他动物，就在于人除了本身的能力外还会学习。

7. 当然，虚荣也是一种向往的美好标志，理智的虚荣能使人进步，愚蠢的虚荣只会使自己灭亡。

8. 透支的知识是最珍贵的财富。它是生涯的光辉彩照，它代表了另世生涯的重生价值。

9. 英雄最类英雄总概念。

10. 节约是一种高尚的智力。

11. 浪费是一种无能的赌气。浪费者只能用这种手段来显示他们的富有，这是最可悲的。除了钱他们还有什么？甚至连人性也没有！

12. 钱越花越少，知识越花则越多，所以知识只有产生。知识不存在浪费！

13. 社会当然包括婚姻与财富。

14. 诗人永远不会被社会俘虏。

15. 激将和赌气是生活中的挫折，尤其不能过分和多用，过分则反，多用则败。激将和赌气都包括：嘲、贬、损、撒娇、哄骗和发脾气。聪明人将这些只作为必要时的方式和手段点滴使用，愚蠢的人却把它当作本领和绝技经常随便使用。

16. 机会就是展现，在考场上展现自己是最壮观最自豪的事。

17. 商人最初是被社会俘虏的，到了一定的时候他们倒过来俘虏了社会，他们自认为是强者和高超的人！

18. 感知→知觉→觉悟→悟彻→彻底→底蕴→蕴化→化解→解释→释出。修炼始成。

散句集锦·感情与意识

1. 内疚是最大的伤心和痛苦。

内疚是无法忏悔的！

内疚是永远的伤痕！

内疚是感情里最大的不幸！

2. 哭有艺术性，显示本性和真情的艺术直塑！

特定情况下，哭也是一种幸福。

一滴眼泪可能胜于一曲颂歌。

流泪和哭是最美的赞曲。

哭的威力能震撼人类世界，

哭是绝妙的心声。

哭的优美是歌曲的魂魄真谛！

哭能解开一切难题。

哭可以成仙了道。

3. 错处有美，美处有错。

散句集锦·道德与文明

1. 自高有两种体现和意义：一种是平凡而真诚的情操，一种是不知天高地厚的炫耀。

2. 理解是最高尚的关怀，也是最伟大的友情，人生最幸福的，莫过于被理解，因此“理解万岁”。

3. 宋相、大诗人王安石是法家代表，他认为：对于官僚一定要限制其权欲与权威欲。否则其贪无限，其烂无边，其淫无止，其恶无穷，其耻无比，卑鄙无涯……神人共愤！

4. 时刻想着完善自己、成熟自己的人，实际上是在完成和毁灭自己！因为他们已经封闭了人生的意识兴趣和再认识，把自己和棺材画上了等号！而永远幼稚不满怨气横空的人，正是壮大和成长自己，不断地补充自己，这即是永生自己！

5. 聪明的人免不了会办出愚蠢的事，而愚蠢的人永远不会聪明！

散句集锦·言论与社会

1. 言论也和其他事物一样在矛盾中生存。

2. 言论是鬼谈，辩而无益。

3. 言论与社会同步，不必重视，不可轻视！

4. 社会是制造言论的土壤，言论是体现社会的影像。

散句集锦·女人

1. 女人是世界，女人是景观，女人是气象，女人是动力，是孕育生命的胞衣。

2. 女人是色彩，是丰富，使生活美好。

3. 女人蕴藏着社会的活力。

4. 女人使人类生动，使人情浪漫。

5. 没有女人就没有男人，没有女人就没有整个世界。

6. 男人因女人而勇敢，因女人而聪明，因为有女人才有一切成功。

7. 男人因女人而潇洒，因女人而有能力，因为有女人才有了一切创造和创造力。

8. 失去了女人地球就会逆转，男人就会像地球上失去了大气层一样枯竭而死。

9. 女人因为男人而光彩鲜艳，因男人而漂亮多彩。女人啊——男人的故都！

10. 女人是世界，没有女人就没有世界。

11. 男人的魂实际就是女人，没有了女人，男人就是没有知识的躯壳！

12. 有了女人，男人的创造力就强大，就一定会成功，事业就变得伟大辉煌。

13. 没有女人，世界就失去创造动力，一切就都是软弱的，毫无意义的！

散句集锦·心事之音

1. 曾经愚昧和不幸过，使意志变得更加靓丽多彩。

2. 含着眼泪和怀着骄傲回首曾经走过的愚昧和不幸，就会对未来更加寄予希望。

3. 最痛苦的是在困境中消耗生命。

习文知趣三则

——给学生作文的批语

一　无形即有形

大凡一个学生，该学的应当很多。因为知道或不知道的都是知与识的范畴，识与不识，懂与不懂，见与未见的也都是知识。至于幻想和空想里也充满了知识。凡是世界上存在的都充满了知识，都存在知识性；凡是世界上不存在的也都充满了知识，也存在知识性。存在的有存在的知识和知识性，不存在的有不存在的知识和知识性。

当你找到了一切存在与不存在时，你也就找到了无数的知识，同时也可以掌握和掌控这些知识。有些人常在拒绝别人的要求时说“不存在”，那就是永远存在……

因此完全可以说，世界就是知识，知识就是生活，人一生下来就掉进了人类生活这个知识的海洋里，开始了拼搏。知识使人类离开了伊甸园，认识了自己，理解了世界。所以理解万岁！知识无处不有，无时不有，没有脱离知识的单纯世界，否则一切生命就不会产生，日月星辰就不会闪光，天下的蚕永远食不尽天下的桑。

二 （临场）

当你练笔的时候，当你捏笔犹豫的时候，当你大脑里一片空白的时候，或许面对考卷的时候，也就是最无奈最狼狈的时候，此时你需要破釜沉舟，背水一战，当学项羽。因为在考场上展现自己是最壮观、最自豪的事。

破胆设想，破语投入，破思维命题，破原则立意。建立自己独有的认知境界，感慨挥洒，违命违限，不做俘虏而反俘所需，这样你就俘获了文题，甚至俘获了那些命题主义者，这便是你的文风气息。

三 磨笔生香

论战胜尴尬，为打乱学生狭窄的文风思路，批语时挑逗性丢了空了，激发学生的回应，再笔论战，以提高师生识文理论水平。磨笔生香是教学相长中的探索。

致解《恼情》

恼以古意解为错乱心情安排无头绪，也表示心中无主意等理还乱之意，若不是“掬捧提携推拉拽”之情之德之力之功之尚怀，则其文糊涂矣！

——2011 年 4 月 27 日

附：忆秦娥·尚情胸怀·《恼情》

吟不断，千载心绪捶复缠。捶复缠，若番逝愿，思碎还算。

掬捧提携推拉拽，掮月荷日乘徽灿。乘徽灿，丝丝粘粘，任你恋挽。

<u>**课小学生**</u>十二人，智愚不一。每日以导为主，以诱为辅。然学生皆性情善良，心地纯真，感情诚挚，都有一颗明白的

心。只是懒惰已成习惯，不思动脑，更不想动笔，得过且过，似乎学习完全是因为家长所逼或老师多事，显得很是无奈的样子。或都口头勤快，实则不然。唯好玩乐，而玩又不会，只能胡跳乱蹦，乱吼乱叫。从这一点看就足见其智商之差！我来这里，一方面为洗涤哀伤余愁，另一方面为陶冶情操。虽然此处不能觅寻知音，但和这样可爱的学生在一起，也使人去了点滴哀愁。学生中，有的心灵很美，十分爱人。是啊，这些也许就是我现在的幸福。将来如何谁能知道？但愿苍天有眼照看漂泊落拓之人。难道今生今世就这样孤苦野羁，无家可依吗？无论如何，一定要认真教导他们。哎，作此短文，聊以自慰吧！

——丁亥年壬子月

去姬界村随感·丁亥冬十月

那日姬界村一行，十分愉快。学生们美好的心态和可爱的心情时时感召着我，使我原本忧伤的意识被溶溶欲化！一路上大至六年级小到幼儿班的孩子都共同谈论、游玩而行，十分美妙。大家顺着大道，随着路的延伸弯曲向山上漫游前行。我的身前身后都是这山乡里带着纯朴气息的孩了们同学们。他们使我进入一个美好的天国世界。假如再没有烦恼，假如再没有孤独，假如忘记了忧伤，假如……

到了这想象久已的村庄，正是红日西斜、余晖晚照的时刻，渲染得这盆谷小村更加美丽动人，叫人观之不尽，感叹无穷，唯与同学们携游漫步在村间的小路上。我们歌唱，我们兴奋，我们留恋，心底里沉积了美好的想象……

姬界榆的聪明幽默，姬延莉的天真活泼，姬翠翠的文雅端庄，姬调的开朗大方，姬萌的直爽欢畅，姬爱爱的美丽多能诚实善良，姬绪杨的机智多变，孩子们的这些形象，在冬日里的夕阳下、晚霞里，在我的心里、梦里，在我的书里，在我的笔下都是金色的绝唱!

啊，可爱的山庄！啊，可爱的——我的学生。

为教日·丁亥岁冬

这些学生已经六年级了，但是仍然没有学习的意识。不但不会学习，更不会思改，也就谈不上分析问题了，尤其没有识别能力。所以对于学问没有一个肯定的答案。前怕狼后怕虎，坚持不了正确的意志和信念。对正确的不敢肯定，对错误的又害怕放弃后是一种更大的错误。对于既不正确也谈不上错误的无法处理，舍不得放弃。导致学识糊涂，理论上无头绪，观点讲不明白，学起来混淆难懂，从而对知识抱有神秘可怕不敢触及的心理。在他（她）们的意识状态里，识了字就算普遍地有了知识，至于其他那是风马牛不相及的。智与知的高低那是小学与大学、初中与高中的关系。念了高中大学自然智力、知力就高了，而眼前虽有很多知识，却是难懂又似不大重要的，既是无可学的东西，或是又不值得学的东西。这种观点意识是教师们教育上的最大失误。

给学生随笔《我为何烦恼》的批语

昨天放学，门口拾到一字纸《我为何烦恼》，看字迹是姬爱爱同学的。内容似觉伤感，因此作几句安慰，望不要悲观，前途无限美好，望慎重、自持、多保重。

万紫千红中，你有你独特的鲜艳，
百花芬芳里，你仍然散发你特殊的香甜。
同学竞妍，你有你个性的体现，
人海茫茫，你持你自己的美丽。
烦恼是你的艳妍，欢乐是你的品格。
你青春的活力刚刚升起，
你美丽的性格胜过彩云。

人生有一些小小的烦恼算得了什么，
那正是你生命里美丽彩虹的一种。
岁月是生命的河流，
只要它不停地流淌，
就一定会激起绚丽多彩的浪花……

给学生作文《童年》的批语

童年是人生的第二神话，是永远的回忆，无法去向往，也无法去追求。

（注：为避免题文过长和字语重复，在以下类篇和目录相关处省略“给学生作文”五字）

《我的家乡》的回批及改编

回批：叹赞你总是有一些使人迷恋的语句。这篇文章给家乡以最纯洁的赞美。我发现，你只要写开了就有很多警人之句，越写越使人感叹不已。

改编成诗：怒春艳夏燕泥香，肥秋素冬美农家。
故乡十里依旧色，玉心儿女永牵挂。

《心情回忆》的批语及改诗

批语：句子是很美的，但构思太单调。如果你用真情细致地整理这些思绪、这些意境，你会超过同友文章的！愿你能做到。

改诗：情丝年年绿，回忆逐岁新。
人歌无成败，任它随风听。

《老师你错了》的回批及改诗

文中画一束扇形花束，注句为：“送一束美丽的鲜花，愿露出永久的笑容。”

回批：美的妆扮可以开心，但不是欢乐的钥匙。

文示：是啊，这些问题我还没有想过，谢谢你的提醒。感谢你的友情。

复批：理解是最高尚的关怀，也是最伟大的友情。人生最幸福的，莫过于被理解。因此，理解万岁。

改诗：忘年歌友谊，异性咏奇葩。
知己唯呈辉，情深酬千年。

《爸爸妈妈出去了，两只小鸟在巢里叫什么》的批语及改诗

批语：意境深刻，出人意料，别具一格，不错。

文示：哲人总是多一些话题，其实也是父母的责任。

改诗：鸟意人敢知，岁月花妆扮。
寒热风左右，浮云天著旧。

《妈妈的爱》的批语及改诗

文外写有："以后决不能哭，答应别人的话、事，一定要做到。"

文示：论说美妙。

翠翠说："因为充满爱的一个人是最有诱惑力的，最感动人的。世界也因为有你们这些有爱心的人，变得更加美丽。爱是无价之宝，爱心的人无数，母亲的爱爱不尽。"

文示：这些奇怪美妙的句子是谁教给你的？你的语言让人感到像巨浪！

改诗：母爱伟大，真情永辉。
稚心如珍，素语千秋。

《有一个调皮的男孩子》的批语及改诗

批语：文章结尾应写完。论说的结论不甚明白，虽然只是

一个疑问而已。

改诗：东邻顽童太荒唐，无端调皮天天忙。

村人无恙不关情，西风飞扬便作场。

《昨天的思念》的回批及赠诗

回批：我也感到很失落，说心里话，看到你们委屈的样子，我……

想我们曾经携手同游，想我们曾经畅谈无际，想我们曾经漫步山野，想我们曾经笑语相慰，想我们曾经……那深厚的师生情，那友谊，那般情，难道就会轻易地远去吗？……

请原谅吧，我聪明的学生。

赠诗：学海航深彼岸远，幸逢弟子女少年。

函意尽寐师生情，愿看展才朝天阙。

《我有一个好爸爸》的批语及复诗

文中夹有一枝长叶花［草］。

文示：是啊，简单而明了，花也是如此。

批语：这件事写得清楚简练，不错。

文答：我想，好人必有好报，你有个好爸爸。

复诗：父亲是一座山，

他能担负起一切平衡的与不平衡的！

母亲是条河，

她能洗去你少年的委屈，

和幼稚的泥土。

《爸爸你辛苦了》的批语及复诗

文赞：叙情真实、感人，使人心动。

回批：你现在已经有很深刻的生活意识了，并有强烈的人生观。所以你写的文句十分恳切，内涵颇深。只是诗的细密情节还不够，要多练。

诗编：父亲的肩膀是人类的希望，
是我们成长的灯塔。
“男儿有泪不轻弹。”
父亲的眼泪在黑夜里偷偷摔碎。
它会化作透明的影，飞上天空和星星掺混在一起。
父亲的笑脸在阳光下骄傲，
是震撼世界的力量。
父亲啊！你的赞歌是写在辛勤的汗水里，
我的爱是写在心的眼泪里。

复诗：山环水复人生路，人世冷暖一杯酒。
慎捧一掬父母泪，甘为儿女写春秋。

《我对学习的体会》的批语及复诗

回批：文章理论恳切诚实，说出了实质本意，希望构句构词不要太死板，要血肉交融，使文章更加动情。

复诗：书山有景趣味多，独步寻芳何所求。
学海茫茫舟自横，天涯尽处空回首。

《我家的狗》的批语及复诗

又见文中一幅画：太阳、云雾。太阳在下，云雾在上，中有雨滴。

文中写道：“雨过天晴，太阳公公笑哈哈。”

批语：人有悲欢离合，天有阴晴缺圆。

诗赞：慈航信念南海碧，敢现形象救贫寒。
人世千古一合掌，心底诵出观音声。

《这次通考的认识》的复诗

知识美丽了人生，
知识壮大了情怀。
知识开阔了心灵，
知识塑造了另一个世界。

《我的小学毕业歌》的批语及复诗

文后六束扇形花。

批语：一束束象征未来。师友之情，学习之乐，永垂不朽。

复诗：寒窗年华时易飞，每岁一束共花醉。
　　　应试不惜六载功，枝枝鲜艳动心扉。

《我是怎样学习课程知识的》的批语及复诗

批语：学得自然，就是学得最好！能随心所欲地学到知识就更棒。有情感地学到各方面的知识，就会更灿烂。

复诗：意趣乘时起，智力随心来。
　　　学习如易水，不伤自然态。

《毕业，我将如何面对》的批语及复诗

交谈：有人却不如此做，也不如此想。

复诗：育苗当育田，树人必树志。
　　　情志总一体，把酒庆功时。

《无所事事》的批语及复诗

批语：所说不无道理，但多数人只是一混光阴而已。他们并没有从混乱中取得真经，而是乐于天命，疲于学习。

复诗：几阵黄梅雨，几声雁儿唳。
　　　点点敲心碎，行行留人愧。

《雪》的评语及复诗

情感不错。写出了一个少女爱美的心境。

缩此文意为：

纷纷扬扬雪花飞，重重叠叠下翠微。
如梦如醉舞姿起，似傻似狂启心扉。
无忧无虑步轻柔，知愁知恨不忍离。
若得犹豫解人意，洁情片片莫沾泥。

《我的梦》的评语

此文不算学生作品之上乘，但意境上乘，直达文学之境，情写境妙，使老师汗颜似觉不如！

虽说梦，然此文叙说天然秀美感人！

语言是表现人素质气态的声音。

姬调同学

姬调同学很含蓄，她为什么不表露自己的意境……

演员是最会表露自己的。我想他（她）们的一生应当是满意的一生。因为他（她）们的一切和全部的理想、愿望，表露了人生的整个。他（她）们太奢侈了，还侵占着舞台琐碎，而有的人则抱憾终生！

只要能表达和表露就尽情表露吧，我的上帝！但有些又是不敢表露的，只有在心里愁困！

给我那可爱的学生们的留言

世事难料，生活多变。今作此诗一首赠每一个人，似乎可作为一种伤怀的留念。当然如果谁不愿意领这一份深厚的情意，也无所谓。但这是我真实的心境。

万里长空春复冬，人生何故又匆匆。

相逢不是因有缘，哪堪离别更伤情。
才从乱世入深山，眨眼行色再起程。
天涯芳草遥遥见，鸿雁来去几处停？

——丁亥年冬十月于后米脂沟小学

山村的黄昏·姬界村

教学期末，分别在即，应学生的要求，我怀着离别的伤情去了他（她）们那高山上的村庄。在这几个学生的陪伴下，我尽情地游览了这个美丽的农庄村落，直至晚霞依依仍不知兴尽，便作此颂歌以尝辛酸，晚上便留宿在这里。这是生涯中一个美好的夜晚……

一村错落农家美，夕烟弥空织云翳。
落日山头余晖尽，埋谷深溪犬吠稀。
何处怨笛悲往事，几声晚唱恋昏凄。
师生携手烂漫步，星摘树梢忘归依。

（送姬翠翠）

今生一路风雨，几多寂寞。
今世一种愿望，几番挫折。
驾着一叶孤舟，漂泊在世俗的海洋里。
被恶浪撞击，被逆流阻隔，
梦中在一个美丽的小岛停留，
那里有春天的温柔，
那是一个美好的遭遇，
使人永远回忆。
那一页载着绿色深情的纸片，
我将永远珍存。

——拙境愚人·丁亥年冬

姬翠翠——我真正的学生，可爱的学子！我为有此学生而骄傲，我为有此学子而自豪！你年仅十三却情感意识境深。在知识的感召下，你文思崛进，意境纵深，使人深感叹服喜爱。你对老师那样的理解和夸奖，老师领了，谢谢你！岁月流逝，知音有谁？在老师的生涯里有过很大的遗憾，亦有过很大的悲伤。那欢乐如梦如忆，离人而去；那悲伤泣血难书，昨犹今见，这些都难以被世人理解承认，老师把你当作真正的学生，也当作真正的朋友告诉你这些，无论在任何年代，学生其实就是老师的亲人，学生就是老师的希望。在你老师坎坷的生涯里没有被任何人夸过，在你老师的人生碑铭上，只有你——我可爱的女学生给我刻上了纵横潇洒的一笔，赋予我可歌可泣的赞美。今生今世老师永远感谢你。感谢你美好的心情，感谢你美好的祝愿，感谢你善良真诚的超度。人生难得一知己，想不到在这古老的山乡村庄，在这小小的深山学堂，却有一位有着一颗金子般心的——我值得骄傲的女学生。我感到了很大的安慰。我的心如得到甘雨的滋润。

我亲爱的学生，我祝你一生平安，我永远铭记着你！

——拙境愚人·丁亥年十一月

松树啊——你翠，巉岩啊——你峻。

分别在即，天寒地冻，难道这一段美好的情谊就此告终？这一切情意也随着冷冻凝结？只能成为无情的留恋、无望的叹息？

岁月啊，你如此残忍，看来我的这一生注定是很悲伤的。为什么会有这么多的余情别恨？既然没有什么知音，为什么又有这留恋、怀念？既然是独来独去的孤魂野鬼，为什么又这么心碎，这么思遇霏霏？这些日子里，我很难抑制自我感叹和悲叹，眼泪偷洒在痴情人所不去的地方。我无法理解自己，也不知是什么缘故。唉，翻来覆去的叹息和悲伤又有什么用呢？只好作此一幅松岩图赠给我的这些学生，也算是师生一场，别情一番！同学们都小，他们能理解多少就理解多少吧，莫要强求，莫要刺伤他们的心！

孤客之梦，梦醒何处。

处于我心，心潮逐泪。

——二〇〇七年在后米脂沟暂课六年级

元旦前雪掩世界，雪掩人寰。雪融往事复如前，梦醒耳鬓愁更添。空白一时间，混沌万千年。说什么往事如烟，人生如梦；说什么红尘滚滚，道路迢迢。往事非烟，人生非梦，红尘暗淡，前途迷蒙，万里江山披白发，九霄长空抹怨粉。同学们刚从游艺题里半醒，便被飞雪遮封。是无情？是有情？无情也痛，有情也痛，与我共生涯兮乐未来之永恒！

——十一月十九日

同学们玩得开心，我总觉得宽畅一些，因为玩乐是少年们的天性。他（她）们无限的浪漫活泼不就是表达人类的美好与向往吗？哦，人生应该是痛快的。可我又为何多愁、多忧、多无绪……因为我……因为我是炎黄剩子，无家无乐之人。看来我这辈子注定是孤独伤怀的呀！但愿苍天有眼，为落难之人撑一片天地！

学期余记·腊月初三寒假已放

下午随姬调、姬翠翠、姬萌、姬绪杨上山二次探访姬界村。这次人数比上次少了很多。只我们几人，另外有两名四年级男同学。真是：真情浮生涯，寒意照年华。人生几多留意梦，随意伤怀也难尽！我们举步贯路，眨眼梦中村庄又在眼前。这次是我那可爱的女同学姬翠翠极力邀我上山的。这是第二次上山了。当这美丽的村庄呈现在眼前时，我心中仍然忐忑。同学们还小，他（她）们天真，我如何安排这次上山的游览事宜，乡亲们会不会笑我厚颜无耻呢？山里人会不会理解我这个呆而狂的半诗半疯半文半懒的闲人呢？虽然我因我的学生而狂傲，但他（她）们的父母买账吗？这些都是我一时的急切考虑。姬翠翠同学只有十三岁，况且又是个女孩子，姬调、姬绪杨姐弟家较偏远，姬萌又小于姬翠翠，天真如小孩一般。这情况必须得我亲自安排。况我来时做了一定的准备，落脚点仍是上次的姬界榆家。虽然这次邀我上山的不是他，况他放学又自己回去了，没有和我们同行，按正常情况说我就不能去他家了，因为人家并没有邀我，也没有等我。这是放假的最后一日，上午姬翠翠跟姬界榆说了让我今天放假到他们村去，是在我宿舍说的，当我面说的。可是放学后，姬界榆仍是没打招呼，也没留话，也没和姬翠翠他们商谈自顾自上山回去了。所以我这个当老师的自作多情上山还要到他家去，合适吗？我心里想着，看看姬翠翠，看看整个山村，感叹地说："啊，又到了这个美丽的村庄了。"我不能为难姬翠翠，她还小，又是个女孩，如果她是个男孩，我就百分之百地无忧无虑去她家了。今天也就无忧无虑地上山观景，不用如此费神思地忐忑于怀了。她邀我上山的深情厚谊，我今生今世永不忘怀。但现在的状况还得自己定夺、权衡。选择好了还可以，否则这次上山将不得人心，恐怕还要丢人败兴。和明呀和明，你不是脸皮厚吗？你不是狂人不拘小节吗？你不是傻子不怕人笑吗？你不是诗文不问天地昏吗？你不是自谓难能束缚吗？这么一点小事，况还有几个学生的邀请，姬翠翠的主张，姬调、姬萌、姬绪杨、小同学姬延莉姊弟的欢迎，你还惧怕什么？即使丢人也值。只要永远不丢失这些同学的心情和好意，就是我的幸福。啊，我可爱的学生，你们还小，不知你们长大如何？如果这是永远的心情，我将为这种纯洁的爱和纯纯的意死也可以，还怕丢人吗？还怕受辱吗？现在我必须自作主张了，不能让姬翠翠她们为难不知所措。所以我面对村庄，在急速地考虑第一步踪迹，就去姬界榆家吧。谁让你摊上这一个不伦不类的老师呢？

况且我脸皮厚！姬萌提出让我去生产队长家串门。哎，幼稚的学生啊！我当时是糊涂有加，不知是啥滋味。直到到了姬界榆家门外我才主意作定，先去姬界榆家报到，然后领着随行同学去村庙一游。这也是根据姬调同学前几天的提议而形成的方案。这样既缓和了当时的尴尬，又赢得了师生的畅快，也能在一定程度上消除家长们的不良看法。外班的几个男生也和我们共游村庙。这时姬爱爱也领着妹妹到来。我们给神叩头上香。姬界榆知信后也急速赶来，非常积极地点香插香、烧纸。我们欢乐，我们愉快，这是学生们的心情。至于我本人，天知道？同时我们又一哄地去了姬萌、姬调和姬爱爱家。晚上我去了姬翠翠家和她爸拉了一回话。今天下午，姬翠翠一直陪伴在身边，吃饭时也陪伴着。这就是师生之情，是我一生都无法忘掉的感人肺腑的一页。我亲爱的女学生啊！你是多么纯真……我一个愚昧的人，能有这样的学生，也不枉活一场！感叹啊，我一个无家室的人是这样的悲惨，又是这样的奇妙幸福，真无法解释。作两首《西江月》略抒一点傻人的闷气吧！

《西江月》之一：

生涯贯是虚夸，文章更多疯话。
从来无能知音乏，命运岂知真假。
不参自我容华，妄想梦里尔雅。
几番颠倒寻造化，哪理会得傺侘。

《西江月》之二：

零七年冬日应几位学生之邀去他们的高山村庄，已是下午放学时分，数里山路。

学生邀我情佳，心真实意无瑕。
入山复作游子侠，孤魂落泊谁家？
一路思绪如麻，脸呈笑语捧哗，
泪咽何必愁再加，入村又观烟霞。

我和姬翠翠的爸爸拉的无非是些世俗的常话，她们家的人很正直、热情，待我们很好，上了上好的茶、烟和葵花子，我非常感动。今天是第二次来姬翠翠家了。下午一进村过了姬界榆家就到这里，她爸不在，她妈热情招待。姬翠翠拿出香甜的桃干供大家吃，而我吃着，还开了桃干里有虫子的玩笑。不知姬翠翠能接受得了不。按她的年龄很难接受。按她的作文水平，她不仅能接受，还很理解我的狂言！所以我觉得她可爱可信，才敢开她的玩笑。

当晚我和姬界榆离开姬翠翠家回到他家。姬界榆仍和上次一样翻出了他爷爷的大量藏书让我看。仍然和上次一样，身边只有界榆，我们边看边讲解探讨说话。原本已睡下了的爷爷也来了兴趣，起来递烟、递笔。虽然他耳聋，但我们把要说的话写在纸上交流，还很投机。回想今天下午，一颗心算是平静了。这一天过得也算惬意、匆忙。从早晨的洗漱饭毕，考试阅改试卷、衡量成绩分数、写评语留言，繁忙啊，从生活到工作，从心理到村里，多少思绪、多少意念、多少感慨、多少足迹，多么幸福啊。今天是腊月初三，明天是我的生日。我没敢对同学们讲，怕影响我们的风景，怕伤害了同学们的心境。总之这些都算是给我生日的预祝吧！亲爱的同学们，我应该谢谢你们对我的好！

第二天腊月初四——我的生日，姬延莉邀我去她家吃饭。她妈妈做了炸糕类的食物招待我。她弟弟和她妈妈都很热情、诚实。哦！可爱的人生，可爱的民风……

饭后我和界榆到村前，等我思念了一夜的学生们一起去周武洞谒拜真武祖师。姬延莉的弟弟兴奋地奔跑跳跃。天虽然很冷，凛冽的寒风刺耳刺鼻，但我们的热情似乎高过自然界的威迫。一路上我们畅谈游览，欢笑如歌。一个有情的人不认为这是一种优美的人生乐曲吗？最遗憾的是姬爱爱同学因为家里忙要卖山药没有来！更加遗憾的是姬萌小同学没能与我们同行。当时在村前我们聚会了，已知道姬爱爱不能来了，我就让人去叫姬萌。不知是谁说了姬萌今天也忙，家里要卖山药也不能和我们一起去周武洞了。我当时心里很觉失意，但也觉乐观。因为同学们家里忙是正常的，农民整年的劳动换回丰收是极应该的，岂能为小小的游玩而影响他们。我们徒步十数里，风尘仆仆地来到真武大帝的山门前，还未曾入庙，不知谁喊了一句“姬萌来了”，我扭头一看，数十米远的大道上姬萌同学匆忙而来，啊，勇敢的孩子。你的胸怀坦荡宽大，你将是永远的胜利者。——我可敬可爱的学生、同学，我惭愧！当她热气腾腾、红扑扑的脸亮在我们面前时，我看到她漂亮得像天仙一样，是的，她是世界上最美丽的女孩。虽然是三九严冬，在苍翠的柏树辉映下，这个坚强、豁达、恒心永存的女同学给我上了有关人生观的一课。她是一个真正有情的人，一个真正强大的人，是我记忆里再也不会遗失了的人生偶像。姬萌同学，你才十几岁，胜过我几十岁！我对不起你，今天是我的生日，你给了我最好的礼物……

庙门外侧耸立着雄伟气派的石雕旗斗。左侧旗杆书：“万法总归三尺剑”，右侧旗杆书：“五云时观七星旗”，似乎是道家气派。左斗书：“八方永照”，右斗书：“万民安居”，亦似道家之风。

进得庙门，迎面是廊房庭院，两边是司钟鼓小亭。左边钟庭为“钟鸣古寺”，右边鼓庭为“鼓震乾坤”。为了考察这庙的历史根源及真实命名和变迁状况，我们阅读了所有碑文，却一无所得。碑刻都是近年村民们所竖，（为）施修账类。村民啊村民，我们甚至在墙角翻起了作废的旧碑，用笤帚扫刷后细认也没有发现可观性记载。哎，费了我们好多力气。上面却是一个半白的酸秀才咬文不成的酸语，真是可笑。不知什么人竟如此浪费功力钱财造此碑而绣此半瓶不及的狗屁文。实在气人，白费了同学们的气力。总之我们找遍了可能的文字记载，也没有找到有价值的踪迹，太遗憾了。来时我提醒同学们带着笔记本，却只记了山门外景，内则如此萧条无记，真不堪设想。我们来到正殿上了香，拜了神，偏殿及院内诸神我们都给上了香纸并礼拜。之后我们齐聚真武大殿，大家跪地求神。真武祖师是佛家相貌，大红袈裟披身，周公、桃花分两侧，十大元帅站殿。哎，真是：“钵盂纳尽人生悲欢，袈裟绘满仙境极乐。”我和我的学生齐齐跪在真武坛前，还有五年级的姬绪强和四年级的两个学生及姬延莉的弟弟。首先我代表我们所有来的人问真武祖师吉祥如何，祖师给谶大吉，我们都很欢乐。后来同学们逐一问了些事，祖师爷还很灵，一一给了委婉的答复指点。我们只上了两元钱的香纸略表诚意。离开山门我们又来到山脚下一家农户家——姬萌同学的老姑家歇脚，在这里我喝到了甘美的真武山泉水，这水确实甘甜可口，好喝极了。我喝了两大杯才罢休，惹得同学们抿嘴而笑。啊，这生日过得还快乐吗？或许是神的佑助，我那聪明的女学生姬翠翠参了一句极妙的禅语，说：“去也快乐，留也快乐。”呀，悟性如此高深透彻，胜于高僧，连哲学家也要甘拜下风了，姬翠翠呀你真是有咏絮之才呀！假如我今后还是你的老师，我将全力施教。这样有灵犀的学子到哪里去找！在这个小山庄，我默作一联以发此时的感慨：

上联：放眼人生千古颂

下联：提斗文章几时芳

横批：春秋烟霞

牵着学生的手，我思绪万千，哎，姬翠翠的提斗文章！

回来的路上，天似乎也变得暖和了，温柔了。真武祖师再见了，真武山再见了！这一次我们没有访察出周武洞的实况，却锻炼了同学们的情怀。一路上我们亲密无隙，欢乐融融。只是我不由自主地想起了自己的生涯，不知不觉地表现了出来，影响了同学们的情绪，给我的学生增加了心理负担，被姬翠翠细致的心灵一下就发现了，伤了他们的心！一路上我们谈景谈乐随处观景，经过了许多小村人家，见了些粉墙柴扉，时有午时的犬吠鸡鸣，偶尔碰见个担柴农夫、提篮大嫂，并遇见些门前小孩、圈内羔羊、墙边驴、场中牛、树边园、枝头鸟，所有景物一览无遗。姬调同学兴致很高，甚至想领我们去一个什么地方。但据说比较远，时间又不早了，所以没去。另外姬延莉同学的身体不舒服，因此也就再不敢贪心了，只好回吧！

当我们快要走出米脂地还未进入子洲地界时，天又变得冷起来。我们的情调也有所转变。我的手仍然被两个同学左右地牵着，感到很幸福。这是纯洁的手，无邪的手，使我从这里流出爱，使同学们从这里温暖。我们携手漫步嬉笑于寒风逆流中。我们的狂气，我们的傲行，使得从这儿过路的一辆小车略停讶观，看来这名司机永远没有想过徒步走路的人会如此骄傲乐观？他感到的可能是气愤和永远的不可思议。那么就让他永远不可思议去吧，或者坐上他自己的车气愤去吧！我们仍然天真地走，自由地走，回到姬界村已是下午两点。按我的建议，我们在村东侧的小山头上玩了一会，恰好是姬爱爱家的对面山。遗憾的是她一直没有出来。或许是没有看见我们，或许是她家的山药没有卖完，或许是她明年要转学去三川口了，或许是……在平台的小山头我观看我的学生尽兴地无邪地玩。有时同学们也在激发我的兴趣。但他们哪里知道古道西风的瘦马，哪里知道我断肠人在天涯！由于我不善于控制自己可怜的表情，使得同学们尽情地惹我欢乐。可爱的学生，我永远感谢怀念他（她）们。姬调同学提议去前面的大山上玩，同时她和姬翠翠几个偷偷地集资买了些小吃，增添了游玩的情趣！是啊，使人永远回忆，她们为这个愚蠢的老师费尽了心机，尽了最大的地主之谊，花了她们最美的少年的心思。可爱的小同学，我一个无能人的情感为什么要连累你们鲜花般的心情？谢谢你，姬调、姬绪杨，谢谢你，姬翠翠、姬界榆，谢谢你，姬萌、姬延莉，谢谢你，我的思念，我的迷恋的梦！

在高高的大山上我们迎着北风观四面八方，我们燃起野火，风烟滚滚冲向天空。下山了，我牵着姬翠翠的手，踏着盘山小路的积雪，心潮混乱无方，不知愿望飘向何方……

记得昨天我在姬爱爱家吃了一碗香软的不知什么的饭，是一大块一大块带点土的味道，青灰色，很美味。今天我便决定去姬翠翠家开斋，品味这高山村庄农家饭。说实话我回到家乡这么些年了，还没有尝到几回真正的山村粱粮之食，企图一食而心甘之，可是所到之处都是用市面上所谓的好饭或待客饭来招待我。

今天之所以要去姬翠翠家，是我预谋的。因为姬翠翠心细，所以她妈妈做的饭一定特别好吃。果然她的妈妈做的面条十分香甜，我们吃得十分畅快，吃后回味无穷。而且姬翠翠泡的茶和昨天一样甘甜润肺，使人畅意留恋。回忆更是一种美好的享受！

今晚去姬翠翠家仍然是姬界榆和姬翠翠相陪，饭后院外一片洁白茫茫，真像姬翠翠同学说的成了舞蹈场。我牵着姬界榆，不敢舞蹈，害怕滑倒，顺着天公为我们新铺的洁白之路携手而行。眨眼间就又坐到他爷爷的电灯下看书了。

啊，这个世界，这个生日，这个愚人日记，这个美好的回忆！

漫天的雪下个没完没了。它象征了人间的忧愁。自从放假起到今天，已是十多天的时日了。我仍在思念我的学生，思念我们的旅游，是因为这多情雪把这些天连在了一起。是赞颂还是怨恨，有谁能说得清楚？几多留恋，几多失意彷徨，空怀壮志，唯叹寂寥，沉抱相思，泪洒荒野！此一生犹如这情不尽的多雪，白茫茫，寒心寒月……寒窑浅吟，谁能与共？

碎洒细飘未停歇，织锦纺棉漫无边。
烟笼纱罩乾坤寒，掩恶遮丑世界新。
老树竭力承厚爱，群丘暗欢得宠封。
美画洁染民间冷，柔裹严统锁人寰。

——伤怀日，寂寥时作

记得我们情同手足，记得我们共进午餐。
记得我们泪咽笑生，记得我们欢乐超越时空。
携手时我们心心相印，留恋时却又惜别依依。

一句道别将欢快驱散，一声再见把伤心深埋。
有多少真情还未表达，有点滴怨语更不敢流洒。
为永恒沉默的爱，为沐浴美好的情。
再多一些柔怜，再添一些思念！

——丁亥年冬古历腊月二十六［二月二日］

姬调的爸爸是个很值得信赖的人，他平易近人……
我美滋滋地吸着他的烟块——
我暗暗地端详着他的神态——
我体验着他的真情——
我爱慕他的宽广平坦的人性……

回忆是更深刻的体验，
回忆是第二次生命！
有时候回忆的享受也是美好的……

姬翠翠的家十分美丽。一个院落经过人工的挖铲自然形成，不费一砖一木。几孔窑洞也是人工挖成。可见这美观的住宅是用多少汗水、多少艰苦的劳动换得的呀。怪不得那么好看。几孔窑洞在一个面上，相距较远，四五米。它的窗户是方形的，与门的宽度基本相同。里边温馨暖和，就是寒冬腊月也感觉不到冷。人坐在里边感到快乐舒适、安全美满，犹如进入母亲怀抱的状态，让人放心满足。望着门头上方形的窗更觉得亲热满足，有一种古色古香的迷恋情味，又给人无限的幻想，使人不禁想起先人们的伟大创造力和坚强无比的劳动强力。哦，这是汗水铸就；这是心血筑成。

智慧是劳动者的灵魂。

这个除夕夜，这个美丽的粗手劳动创造的窑洞，里边一定也是灯火辉煌，惬意无比！

今夜灯火辉煌，“相伴人间万家灯火”，“就像人间一段歌，过去未来难取舍”。

——丁亥年除夕夜

翠

无意中代人教了半年学，遇见了你这样一个人，有才华的山里的女孩。实在是一种幸福。想人生能有多少有价值的回忆？又有多少值得留恋的过去？我对我的老师说：“教学中遇到的那个女孩，很细致、懂人情，胜过我拾到一万块金砖，真是让我一生难忘。”

陆老师同意将你那一首特殊的少女小诗编入《错韵集》，以流芳后世！当然这两年我时刻在回忆，那一段时间的心情，高山上的漫游，你的心好细哟！我失意的时间里，你曾陪伴这个不称职的老师在姬界村一整天，使我那天得到了极大的安慰，而别人却不能。这一天你始终关怀我的情绪，使我这个浪荡游子感到一丝的温暖。今生今世我永远感谢你。当明月中天的时候，能从广寒的宫殿里看到你的影子。当漫游他乡的时候，又回想起我女学生的言行和爱好。当在餐馆品尝美味的时候，又想起如果我的女学生，山里的少女能共同分享，有多么惬意！当我得到一本漂亮的书时，想到如果送给我的女学生，将会才华与人格共进步，意识共情感齐升华。

保存这段话吧，或许在高中、大学时翻出来看一看，会提高你的写作水平……

一个文人要学会保存资料和爱护资料，以便应用，这就叫积累，这就叫拾遗！

磨剑人生路，百墨写春秋。

小学毕业界，词魂照神寇。

想师友之情，忘年岁月，深深的秋天常常引起人对过去的回忆和留恋！

学期已半，光阴荏苒。多事繁杂，忙忙已是期中测试。

唯毕业班全课程至此完结，更使忙乱无章，喘息无余。

每日与学生们探讨争辩，争辩甚为激烈。同学们似乎比去年初见面时进步很多了。敢于立足于观点，使人兴奋。他们有的执着，有的内秀平和，有的活泼好谈，有的正在用心。

学生啊，你们就是上帝！

平心而论，我愧对他们，我愧对自己，我愧对生活，我愧对人生。

给学生作文《老师，我想对您说》的批语及附文

批语：[你好，老师是无能的……但愿你前途无限美好……]

附学生文：

老师，我想对您说

老师这个名字是响当当的，众人都夸，可是也有不符合老师这个名字的教师。但是我的老师是个真正配得起“老师”这个称号的。

我的老师和蔼可亲，认真负责，工作一丝不苟。在我的眼里，他就是天堂，极乐世界，是任何一个老师都代替不了的。

老师，我想对您说：“您太辛苦了，给我们认真批阅作业，似乎一点蛛丝马迹都不能漏过，在我的心里，您是所有老师中最好的老师。在我们一道题不会时，您用几节课的时间来给我们解，直到会为止。就算这样，我们还不好好学，我们让您伤透了心。您还并没有放弃，鼓足勇气，继续让我们懂得许多。谢谢您对我们的好，我将永远记着您，我那善良的认真负责的马和明老师。”

附录

由来史籍欠不得，孤舛独嗟创新痕。

痛悼马和明（节选）

噩耗传来。我惊愣了，我呆木了。

你走了，你走了，势不回头，永不回头！是你背弃了人间，还是人间背弃了你?!

正当盛世盛年，你怎么就忍心去了！去得如此突然，去得如此急迫，没有商量，没有留言，没有梦息！

想当初，你来到我家，手拿几页草稿。你的“闻鼓击怒狮，听琴惊喘兔”，你的“水平山险天自高，谁敢破胆戥秤分”，你的“银牙不可启慌诉，红舌怎敢叹惆缪”，你的“王母绝情挥织梭，耿耿银河卧九天”几句，竟使我眼前一亮再亮，使我心中一惊再惊，使我大喜过望，我激动得几乎跳了起来。我情不自禁地又回头看向了你，而你低矮瘦小，年龄不过十七八岁，这时还神情拘谨，“好诗啊，好诗，真难为你竟能写出如此大气大势而美妙的诗句”，“你有天赋，你必有成果，你继续努力吧”，“我愿在一切方面帮助你”。此后，我和你便成为朋友，常来常往，直至30多年后的这一终日！

而今，我心漠漠，我别无所事，面前是你的《错韵集》；你的音容，你的诗稿，你的书香，一幕幕，一页页，一篇篇，纷至沓来；你聪明的异象，你平实的声音，你简贵的字迹，你不朽的诗词千首，我在复读；流泪人读流泪诗，流泪人忆流泪人！你的诗词，情满天地，情满江山，情满人间，无处不情！你是一个种地的农民，可你却拥有了与你身份极不相符的一种文才和情商，一种极其细腻婉逦力透人心的诚情。你的诗词，精微奇妙，异象迭起，异彩纷呈。遍观古今，如你这般深情妙意，切身切命，切世切民，气势恢宏，酣畅淋漓，挥洒自如，通俗易懂，数量庞大的奇绝诗词，我前所未见，而后，也绝难再得，因为你本身就是具有罕见之情的罕在之人。读你的诗词，是我的一大欣赏，是我的一大享受，是我的一大亲慰。如今，你突然撒手而去，你是我高天之上的失落，你是我切肤之中的伤痛，你太可悲了，你太可惜了，而如今，我又无可追挽！我沉痛难了，忆你万千，落寞难开难解，唯有抚摸你深情无限的绝妙诗词而长叹，唯有“再读你华章”！

“长夜千里梦，平生半部书”，对于你，长梦仍长，梦又万里，书成一部，“自论”成千古！

“云断千层崖，霞分万谷烟”，这是你描画的山水民间，你热爱和欣赏的祖国美丽的山川。

“露沐朱颜翠，霜浸雪肌香”，“不招蜂蝶奉”，“独抱纯洁长”，这是雪梅的高洁，也是你的自守。

你的咏雪诗词很多很多，真是景象万千，寄情万里，似乎雪魂的高洁和净力，就是你内心的寄托。“千山蒙白雾，万乡悼乾坤”，这是魄大雪象的净祭；“摇絮鸣昊柳，抖羽封天鹅”，这是缤纷灵动的飞雪景观；“集团云争厚，旋舞风嫌轻”，云来风起雪飞，一脉拟出，这是奇观奇笔；“朔风雪花乱着忙，路上行人慌慌”，异出风雪之“忙”和行人之“慌”，鲜活地道出了风雪临城时的上下一“乱”；“方便埋下了，千顷冤雪，溶时重洗江山”，好一个“冤雪重洗江山”！“霎时吹散满天光，顷刻拖倒一地香”，“娇豆嫩瓜悲短命，忙蜂喘蝶恨运浅”，“檐上厚雪千丈寒，地下浅压一层鲜”，“扬起千堆柳絮，敲落万树梨花。埋尽神仙洞前路，压倒雪兔巢后崖，饥狼怨馋牙”，“朔风卷起搅太空，银蝉素蝶扑千家，塞语向天涯”，如此状物陈情写暴风雪，古今尚未曾见！而同此一绝的是你写物及写物境的独特笔触：“山壁倒悬石挂天，云影暗渡偷深溪，怪石惊飞霞影寒，阴风低吟空河山。崖拽枯松老山风，岩垂断藤死饥鼠。石夹病蚁吐蛇骨，壑卧野鬼抱狐尸。竖尾猛豹回首逃，斜翅鹰隼逆羽啸”，“梧桐暗伤老，蝙蝠虚壮胆”，如此状物陈情写“路见”，奇象奇景奇物连连扑面而来，可谓奇笔，令人叹为观止！“云抖愁丝晴控蓝”，“千里风色弄天弦”，好一个三连动词，运用之妙超凡脱俗；你写柳絮是“万千狂客来会”，写秋来是“落叶乱搅西风”，写秋雨是“淅淅沥沥难洒尽，脉脉复飕飕”，写朔风寒气是“刮乱旧诗韵，冻裂新句痕”，凡此涉笔，非天才而不能。而如今的这些雪情、雪清、雪白，白茫茫一片真干净，应该就是对你的天悼和地祭！

你的人生，悲苦、凄凉、孤独，你以诗词生动映现出你的这种生存状态和情怀。“逢树绕三匝，枝枝不让依”；“半日人相望，一生被命嘲”；“揩羞憎太多，写墨嫌泪浓”；“独出村口无人念，孤魂落魄路茫茫”；“野草摇摇魂无伴，戈壁沉沉鬼随影”；“朔风拖动一腔恨，泪眼洗净千山色”；“哪堪悲伤阻咽喉，泪回敲碎心底愁”；“憾此心血，一点一滴枯竭”；“一岁一回头，辛酸泪流，挣碎苦胆破瓮中”；“遥遥颠颠春又冬，日沉何处借宿”；“啼杜鹃催步声声，冷江山行不遇人”；“错挪双脚，与人争乞碗”；“遥天天高，投林林远”；“杜宇依空枝，悲语一声惊断黄昏后”；“尽纳讥笑于腹背渠梁”；“惹尽千眉俗俗讥，嚼碎咽心里”；“宁死不为瓦，终被乱眼敲诈”；“双眼惹尽是非”，“逆趣累心胸”；“肠断《聊斋》里，肝碎《红楼》上”；“不挽功名强挽羞”；“幼年壮志佩雄鹰，眨眼变翅哭草鸡”……马和明啊马和明，你的这些诗篇，句句是泪，字字是血，连连的泪流，连连的滴血，直使你泪尽血竭而亡，直使人间又多痛杀人！李母哭儿曰：“吾儿直要呕出心来！”难道你是鬼才李贺再世？难道这是千年古境今又现，万世呈悲！

你对社会有着深刻独到的见识和批判。“街头卧乞常情事，高楼自有残酒倾”；“自古得意有几人，辈辈冤魂皆真诚”；“不许女娲重炼石，光阴何时不愁人”；“虎失辖兽威，蚁宠死蝉灵”；“骗儿安稳须用糖”；“小院藏风少，高树栖雀稠”；

“美画洁染民间冷，柔裹严统锁人寰”；“若得不惑亦无妨，生涯更多荒唐”；“缩回谈天舌，哪堪话韶光”；“九百六十万山水，淤多少残荷败叶”；“最愁人间复杂事，模模糊糊怎推敲”；“只叹苍天偏见，总要模糊世界”；“莫把行藏怨天地，只作头白鬓乱看鸡飞”……小马啊，小马，你连连不断的语指语诉，是对历史和现实怪状的愤怒揭露和斥责，这是社会腐败和民生凋敝以及你所悲苦的根本大源，你的悲愤大如天！

你人穷志不短，你精神富有，试看你的这种情肠：“寒热旷胸留，浊潮亦可游”；“傲骨不污淖”，“敢对鬼决眦”；“负重背志汗鬃尾”，“吐嘶纳风捐天魂”；“燕心碧血谁可信”，“揩泪何日请长缨”；“风扫荣辱尽，雪压山河新”；“瘦马犹恐湿蹄寒，一嘶空远雪满山”；“不忍广喉作长叹，岂肯远眼向近投”；“求神未把高香烧，难随浊潮”；“啖谤语以诊穷困，包陷丸以养生。沐讥风而餐野藜，观流年而听潮音”；“任你小瞧万众眼，我自傲骨一千年”；“黄河滔滔流不尽，江山总不负英雄”……不能小看和明你体态瘦小貌不惊人，而你眼高手高志高，大有英雄气概。这样的操守气节，这样的高空妙示，怎能不使我感佩再三，敬叹有加！

小马啊，小马，你还拥有异乎常人的极丰富情感。你多情善感，多愁善感；你对大自然的山山水水，花草树木，风光雪月，你对人间的千姿万象，事事物物，无不遇而感之，思而感之，动之于心，流之于情，落之于笔，笔下情波滚滚，意味深长，动人魂魄。你的“分分离离悲一时，头白不知情人谁”，道尽人间痴情终无着的空憾和史实。你的“红颜一年一年消，光阴逐步逐步遥”，直叹人生爱情难得难耐、孤望孤守、春光易逝的凄冷；你的“心情绞，肝肠绞，思君念君永不消，泪把君墓浇。天欲遥，地欲遥，念君思君君欲遥，盼眼把君遥”，真是思念早逝情人，情丝魂牵梦绕的千古绝唱。你的“誓盟青山，血翻赤字”正是“海枯石烂心不变”民间爱情准则的翻版。你的“叶败西风萧瑟，人逝青春孤独。伤心处不可触”，更是情人独思独恋凄苦难以言状的生动写照。你的《忆村姑》："面如春桃凝香，体似线柳轻柔。不着红装不施霜，更加风流媚旷。看似惊散魂魄，忆来撕碎情肠。若得一世一相望，总算活人不枉"，是对朴素的不施粉黛不染眉平民美女的轻简素描，是对农村清美人文环境和劳动人民内外兼美的另情歌赞，体现出你审美方向的与众不同。而这一点在《咏驴》《庸人碑》等篇句中均有相同意义的表达。即使在言情作品泛滥的当今文场，在高手如云中，你也于此另有新辟和高度，显得高雅美妙无比，可谓远在其上。

你的诗词，内容广泛，佳思不断，处处见新，妙意连连。许多篇句使人震撼和深感意外，并欣赏感叹不已。"当年秦王骑追风，万里长城跨西东"，气势雄阔，可使英雄无悔。"洗心革面听福音，敢问天父路几重"，这是向传教士的询请，多么形象而别致。"叠词垒句，轻提笔一挥而就，丹心露。大阅史册，略观宇宙，九万里风扶鲲鹏"，"双手酌，向顶峰指皴，使命当急。抬腿一步三百丈，惊醒盘古惺眼望"，更是胸襟辽阔，大气磅礴，丹心高远，使向非凡。"天难倾，地常抖，换得山水一貌仍山水"，昂扬顿挫的情态笔势，轻轻一过，沧海桑田，新美无限。"春风轻动素装，追追逐逐撞撞，问君去向何方？傲目横眉天上。理想，理想，落地才是指望"，春风柳絮，欢动相拥而前，志在高远，但理想的实现还必须是在现实中，这样的构拟和描画，真是奇妙无穷。"春花秋月同衰老，秋叶夕阳齐相映，怨风净扫"，美好易去，怨风净扫，何等的心情转换！"任凭天高人难摸，痴心总是不改。未信失望，岂惧狼狈，迈步从头越。过去羞耻，化为今日豪气"，这是小马你曾经的雄心，仅仅几句则已陈述万千。"惊天动地敢为妖，打进雷音见如来"，这是假猴王的英雄气概，如此小马你也是有胆有识，敢作敢为，敢于翻天覆地，具有英雄情怀。你的"送鬼"之诗之句，"且悲歌兮，赠新友，君知己兮细些些"，姑且不说你遇鬼而不惊不惧还与结友之异乎寻常之态之举，仅这"细些些"三字，即十分形象传神逼真贴切，亦非同小可，如此写鬼妙不可言，真是奇人奇思奇语啊！"任倒天之水，不许归舟，可畏否”？好一个“倒天之水”，好一个“可畏否”，好一个“不许归舟”！“听风听雨怨耳，看山看水恨眼。能读片书费唾沫，两餐谷粮是岁月，莫惧壮志老”，如此节奏，如此脉传，一扫千难，直达直树雄心，素叙而高引，这是写词之一绝；“石硬秋酸西风瘦”，“摇落桃花听红泣”，“笙歌不闻兮，炮竹惊慌”，“叹气均匀，与你相同”，“袅袅梦，匆匆雨，随风跌入黄河里”，这样的描情状物，绘声绘色的比拟，非怪异之才断不能出，堪称古今一绝；“淡寒淡暖草知色，浅斟浅画笔司痕”，春柔草起，慢条斯理情态，景象如画，人物清雅，谁人不慕其中？在这里，小马你佳句轻出，平静而逍遥。“焦足烙背血浇心，凝毫潮股汗蒸衣”，这是你对劳动人民辛苦的极生动、极形象描写和展示。“茅屋寒窑无锦绣之词，荒坡野村尽桑梓之语”，“然言俗韵错皆耕犁燃荆之粗咏豪吆，不缺牧牛担柴之陋调，竭尽含弃瓢垒灶之烟尘”，“拙笔庸墨，悄染于世俗风态”，凡此，非也，非也，你在荒僻贫简的居地，却是不无锦绣，不无豪咏，不无平民百姓，不无高雅，你垒墨挥毫，刻画世态人情，写出你自己，写出你们农村你们农民的真情实意，民间大有风光，大有情趣，大有美好和人才，必须引起呼唤，必须造就功勋。马和明啊马和明，你的这些诗词，你的许许多多的诗篇词句，它们大气精妙，它们精深奇巧，它们怪得可爱，它们俗得可爱，它们不是空文，它们不是浮言，它们不是虚颂，它们不是套话，它们有血有肉有生气，它们有情有义有清雅。这里有对真善美的欣赏、享受、追求和期盼，这里有对假恶丑的愤慨和指斥，这里有对社会的认知和素描，这是社会改化进化的动力之一。马和明，马和明，你的诗词会永垂不朽！

我知道，我明白，我懂，你有极大的生活压力，你有万千的社会关注，你有满腹才情的横竖流溢，你有献力献智献艺于人间的热切愿望和志向。你孤芳自赏，你傲世不驯，你恃才傲物，这不完全是缺点。对于一个受尽欺蔑、践踏、不公平待遇的你来说，不同流合污，不随波逐流，不低级虚浮，不胡作非为，只沉浸于读书写作，表达高雅和超凡脱俗，这是你的高贵，这是你的纯净，这是你的坚守，这是你的真善美爱，这是你人生的成功。你留下的诗词，美不胜收，妙不可言，俗人不牵连，知音自来投，相信你和你的诗词终会被人类认可和收存。在我的眼中，你是天才，你是诗圣、情圣。我曾经说过，“我爱马诗，胜读前贤”。这是因为，你用生命创造了这些诗词，你以绝世深情完成了这些诗词，你以天才的精妙思维刻画出了这些诗词。你是唯一的，因而你的诗词也是唯一的。现在你已经去了，你那精深、奇巧、美妙、真挚、高雅、含蓄、清婉、实朴、悲沉、志存高远、自然流畅、亲劳爱民的诗词仍是我永远欣赏的，因为真善美爱深在其中。你那伤感、绝望、愤怒、贬讽、指斥、控诉的情调和笔致在我的泪水中渗化，因为乐观、希望、觉悟、奋起、学习、革命的意志和精神也在其中。人的正直，社会的正义，人类的进化，社会的美好才是最大的正能量。

马和明啊，马和明，如今你已去了，遗憾地去了，我无可奈何！“贺兰高雄峰叠紧，过雁折翅，血泣渗红松”，“遗羽洒泪点山景”，你生前折翅，血泣红松，你死后遗美羽于人间，装点江山，装点人心，装点真善美爱。马和明，马和明，有你诗词在，你会永在苦难深重的人们的心中，你会永在诗词雅人的心中，你会永在几方亲友们的心中！安息吧，马和明，你和你的诗词将会永垂不朽，永垂不朽！

友 陆浩致祭

2013 年 12 月 31 日